# 这个故事从你开始

**青蛙啃王子** —— 著

ZHE GE GUSHI
CONG NI KAISHI

吉林文史出版社

图书在版编目（CIP）数据

这个故事从你开始/青蛙啃王子著. 一长春：吉林
文史出版社，2018.7
ISBN 978-7-5472-5138-6

Ⅰ.①这… Ⅱ.①青… Ⅲ.①散文集－中国－当代
Ⅳ.①I267

中国版本图书馆CIP数据核字（2018）第123733号

# 这个故事从你开始

ZHE GE GUSHI CONG NI KAISHI

著　者：青蛙啃王子
责任编辑：张雪霜
封面设计：已　非
印　　刷：廊坊市海涛印刷有限公司
规格开本：880mm×1230mm　　1/32
印　　张：8　　　　　　字　　数：150千字
版　　次：2018年7月第1版　2018年7月第1次印刷
出版发行：吉林文史出版社（长春市人民大街4646号）
网　　址：www.jlws.com.cn
书　　号：ISBN 978-7-5472-5138-6
定　　价：45.00元

如发现印装质量问题，影响阅读，请与印刷厂联系调换。
版权联系电话：010-87777109

# ≡ 目 录

目录 Contents

# ≡

## 1.我大概在和钢铁直男谈恋爱

001

去年我在外地出差，白大狗过完生日兴冲冲地和我视频通话。

我拍了拍脑袋，问他："你看我新剪的发型好看不？"

他仔细端详了一下，然后说："挺好，显得更精神了。"

我回："马屁精。"

他一脸诚恳："我是真心这样认为的，你这个新发型比之前好看多了。"

其实，我根本没剪头发。

## 002

我认识白大狗十年了。有一天子夜，我眼神涣散地盯着一大堆文档，他主动要求陪我熬夜，躲在一旁看球赛。

我有气无力地向他吐槽："估计忙完这个项目，我会暴瘦二十斤。"

按理说，一般人听到这种抱怨，怎么也得热情似火地安慰几句吧，结果他来了一句："暴瘦？就凭你？"

## 003

白大狗和其他钢铁直男一样，完全没有美妆常识。

有一次我和他在法国旅游，我看他嘴唇干燥起皮，于是掏出护唇膏打算给他涂一下。他迅速躲开，惊恐地看着我："你干吗？我不想抹口红。"

我无奈地给他解释："看清楚，我拿的是唇膏，没有颜色。"

他扫了一眼："可是好像不多了，还是留给你用吧。"

我刚说了个"没关系，不用考虑我"，他就一本正经地打断我："不行，这是原则问题。"

## 004

我喜欢的歌手叫G，平时我会买他的音乐专辑和周边产品，工作累了就看着他的海报发呆。

白大狗有点儿不开心，他愤愤不平地说："你那么喜欢G，G是你男朋友吗？"

我："当然不是。"

白大狗："这就对了，你要分清。"

我打断他："因为G是我老公呀。"

他被噎住了，两秒钟后，他斩钉截铁地说："不对。"

我问："哪里不对了？"

他说："G是你前夫，我才是你老公。"

## 005

白大狗对文字一向不太敏感，比如"干巴爹"是日文"加油"的谐音，他就搞不懂。

有一段时间，我们特别忙，加班到深夜是常态。在办公室，我会和他互发微信聊天。

我："相信你能在十二点前忙完，干巴爹。"

他回："差辈儿了吧，我不想当你干爹。"

我默默无语。

后来他忙完工作，开车到公司等我下班。在停车场，他给我发微信："坚持不住了，我先在车上睡一会儿，姑奶。"

姑奶？

我想了三秒，才明白这是他自创的"Good night"的谐音。

## 006

　　白大狗特别喜欢欺负人，比如捏脸，两只手同时发力，向外猛拉，然后笑眯眯地盯着人看。脑子笨也就算了，偏偏他力气又特别大，好几次痛得我想掉眼泪。

　　后来我每次看到他有"图谋不轨"的前兆，都提前躲开。

　　慢慢地，捏脸一事发展成这样的局面：只要他向左伸手，我就朝右躲；看他向右伸手，我就朝左躲。如果将过程录下来慢速播放，那感觉就像两个武林高手在过招儿。

　　有一天他闷闷不乐地说："你这么讨厌被我捏脸呀？"

　　我回："你现在才意识到吗？"

　　他想了一会儿说："这样也好，长期下去，可以有效地锻炼你的颈椎，你就不容易得颈椎病啦！"

## 007

　　有一次我和他去景区，当时正值阳春三月，遍地花开。我在前面的商店买了不少零食，边吃边转，他突然从后面叫我："你慢点儿，给你看个好东西。"

　　我扭头看到他虚握着拳头，神神秘秘的样子。

　　他旁边就是糖果摊，我猜以他的脑回路能想到的东西，除了吃的应该没别的了，于是我假装好奇地看过去。

他慢慢松开手，妈呀，是一只硕大的七星瓢虫。

"喜欢吗？"

"喜……喜欢……"

## 008

有一天晚上，我洗完脚坐在靠墙的沙发背上悬空着腿，想让双脚尽快吹干。

他看到这一幕，顺势把我的两条腿架到他脖子上，冷不丁地站了起来。白大狗一米八的个头儿，我坐在他肩膀上向下看都恐高。

我颤颤悠悠地求他："放我下来。"

虽然我口头上这么说，但是紧张之余竟然还有一丝天真的快乐。

他自然不放，驮着我满屋子里乱逛。我慢慢地从最初的慌乱，变得喜欢上这个游戏。

"哈哈，哈哈……"整个屋子里都是我们两个人的笑声。

结果，白大狗一个没注意，把我整张脸"送"到了装饰灯上。

他听到"砰"的一声闷响，赶紧把我从肩上放下来。

我捂着脸说："你……你是想提前考验一下，我有没有整过容是吗？"

## 009

我和他都爱吃楼下一家名叫"孙大胖"的川菜馆的菜。

有一天，我和他规划了一下未来七天的食谱。

我说："周一晚上吃牛肚火锅，周二晚上吃泡菜鲫鱼，周三晚上吃牛蛙火锅，周四晚上吃香酥肥鸭，周五晚上吃乳鸽砂锅……"

他静静地听我说完一大串菜名，然后把一沓百元钞票塞进我包里："那就这么定了，不过……"

我："什么？"

他："这家店主叫孙大胖，你以后不会吃成大胖的样子吧？"

他说完，被我追打。

## 010

我属于不易长胖的体质，加上我是吃货，所以有时候会比较能吃。

有一次周末中午，我们每人点了一大份牛杂面和一大笼蒸饺，正好赶上店家做活动，最后还送给我们一盘甜点。

因为他下午有事，所以他很快风卷残云般吃完。我看他吃饭速度那么快，突然有了攀比心，于是紧随其后，把面前的饺子一扫而光。

白大狗看着那一盘没被动过的甜点，又看了看我，挑着眉毛说："你听到了吗？"

我："听到什么？"

白大狗："这蛋糕在叫你吃它。"

我说："哦，这个简单。"说完，我张开血盆大口一下吞掉。

白大狗揉了揉下巴，对我敬佩地点了点头。

## 011

某一段时间，我长智齿，牙特别疼，好在我忍耐力比较强，尽管已经痛到生不如死，但表面上还是一声不吭。

晚上，我和他电话聊天，聊到近期日程的时候，我突然情绪崩溃，哽咽着向他抱怨："最近工作那么多，偏偏还赶上牙痛，我怎么这么惨。"

他愣了一下，赶紧说："抱抱，不哭，想哭就哭吧。"

我破涕为笑："你到底是让我哭还是不让我哭？"

他说："我这就带你去拔牙，让牙哭。"

## 012

他玩游戏的时候可以达到油盐不进、刀枪不入的境界。有一天我坐在他旁边，他拿着手机开始打游戏，玩着玩着，他突然用力揉我的膝盖。

他这是要干吗？

正这样想着，他一脸迷茫地看了看我，又看了看我的膝盖："原来是你的腿，我说怎么揉了半天都没感觉。今天跑步太多了，膝盖有点儿酸。"

### 013

某一个下雨天，我在公司二十层楼上向外看，半个城市烟雨连绵，氤氲在水雾之中。一时心下恍然，于是我给他发消息："天青等烟雨，而我在等你，炊烟袅袅升起，隔江千万里。"

我在用尽可能简单的歌词来描绘此刻的感触，结果他看到之后回了一句："等我？等我送伞吗？是不是忘带伞了？"

我回："请假装没看到我的消息，谢谢。"

### 014

他皮肤很好，但是从来不懂护肤。

某一天早晨，我听到他洗脸的声音，我在卧室朝他喊话："天气干冷，洗完要用一点儿保湿乳。"他不情不愿地屈从了。

走出洗漱室，他向我吐槽："用了你的保湿乳，觉得脸特别难受。"

"多用两次就习惯了。"我一边说一边走向洗手间，低头才发现他刚刚用过的那瓶乳液还没有盖上盖子。

"我怀疑你精神不正常。"我对他说。

"怎么了？"

"你刚才抹到脸上的是护发素。"

## 015

白大狗身高超过一米八，我身高和他相差十厘米。虽然我们之间没有特别巨大的身高差，但有时候两个人的视角看到的景色是不同的。

某一天夜里，我和他并排走在路上，他突然指向半空："孔明灯。"

那一晚月亮很暗，城市的灯光隔离了宇宙星辰。

我用力遥望也没有看到孔明灯的影子。我以为是远处的广告牌挡住了视线，于是踮起脚尖，把头侧向他那一方。

他沉默地伸出手臂，搭到我肩膀上。

"看到了吗？在那里。"

孔明灯越飘越远，直到消失不见。

我们两个人谁都没再说话，只觉得无比心安。

016

也是在那天，我和他去寺里祈福。

终点在高高的山上，我们要踏过上千个台阶，站在山底仰望，可以看到晴朗的天空和云朵。

其实并没有很累，但还是不知不觉地牵住了彼此的手。他拉着我，我推着他，仿佛保持着某种虔诚和默契。

站在巨大的雕像前，他一边说一边回头看我："这就是我要娶的人，你要保佑我媳妇儿。"

我不由分说地捧住他的脸："笨蛋，也要保佑你，也要保佑你才行。"

017

去年夏天，天空响晴的下午，我和他坐在湿地公园的角落，四处是好闻的草木清香。

我们走了很远的路，就连白大狗也失去了聊天的兴致。

花影重叠，我们不言不语地坐着。

我无聊地伸出食指和中指，像两条腿走路一样沿着他的肩膀和手臂慢慢向下爬。爬到他掌心的时候，他忽然用力，十指交握。

"你去我右边吧。"

"为什么？"

"这样你可以坐到我的影子里。"

不知道为什么，我会一直记得这个影子里的下午，无比平静，却又无比深刻。

≡

## 2.一个吃货的自我修养

### 001

我最大的爱好就是吃东西。有一天走在路上，我突然停下郑重地看着白大狗，问他："你看到那个新闻了吗？"

他一脸迷惑："什么新闻？"

我说："有个名叫白大狗的男子给我买了一堆好吃的。"

白大狗没忍住笑，拉着我去了附近的零食店。

### 002

白大狗音色特别好，他的音色是那种充满磁性的低音炮，不过他唱歌的天赋相对差很多。尽管如此，他还是喜欢在家里开演唱会。有一天吃完饭，他和我说："接下来的这首歌，是我想要献给你的。"

我突然有点儿期待："好呀。"于是他开始沉醉地自弹自唱。

我默默听着，感觉这首歌比较奇怪，但始终也说不清楚怪在哪里，直到他开始唱"此刻朋友这杯酒最珍贵"，我打断他："这是送给朋友的歌吧？"

他挠了挠头："送给爱人应该也没问题。"

我回："嗯，至少比《烛光里的妈妈》合适。"

## 003

有一次我和白大狗视频通话，他一边在路上慢跑一边向我索吻。当时我正在忙工作，并没有理会他，于是他就一直耍赖，噘着嘴求亲亲。我刚想说他像一个呆瓜，就看到对面镜头里的路人正在用看呆瓜的眼神看他，我忍不住笑了。

一个丢脸又可爱的男人。

## 004

晚上，我和他出门散步会路过一个许愿池。

有一次我问他："你刚才有没有许愿？我记得你上一个愿望是游戏打通关，上上个愿望是国家队连赢五场。"

他点点头："不过这一次的愿望没那么经典。"

"经……经典？"我捂住胸口："说吧，是什么？"

他挑了挑眉，嘿嘿一乐："这一次的愿望是娶你回家！"

## 005

作为吃货，我的弱点是吃。一旦我和他发生矛盾，只要他给我买点儿吃的，我很容易消气。

有一天我和他吵完架，他故意转移话题："听说北面街上新出了鲜虾口味的休闲丸子，朋友们都说好吃。"

我："别以为一包休闲丸子就能替你赎罪。"

他："你是说……想买一箱？"

我对他的脑回路彻底无语，然后说："你如果非要这么想，那也不是不可以。"

于是当天，我们扛着一箱休闲丸子回家了。

## 006

有一次，我们在外面吃午餐，等待上菜的时间，他有点儿沉重地和我说："抱歉，我想趁着这个机会和你坦白一些事。"

我原以为他又想恶搞，于是轻飘飘地回应："好啊，你说吧。"

他沉默了两秒钟，冷静地说："我喜欢上了一个人。"

到这个时候，我的第一反应依然是，这小子是认真的吗？

他拿出手机，翻出一张照片，闷声道："就是这个人。"

我心情复杂地接过他的手机，仔细端详那张照片。

"为什么图片是黑的？手机卡了还是图片出问题了？"我问他，声音里带有一丝脆弱。因为我既想看到，又不想看到。

他忍住笑意："你再仔细看看屏幕上面是谁？"

图片里倒映着我的脸。果然，我又被他套路了。

"这是什么烂梗……"我把手机丢给他，不想理他，他在对面哈哈大笑。

回家的路上，他和我说最近有点儿累，需要补补身体，然后大聊什么"古代科技水平有限，当时的贵族们认为燕窝特别滋补。"

我打断他："燕窝？我现在想给你吃马蜂窝。"

## 007

我和他去湖边，半路突然下起雨来。四处没有躲雨的地方，他打开提前准备好的雨伞，结果雨伞小到只能遮住一人。

"给你，你自己用吧。"他这样说着，我也没办法推脱，只好先自己撑着。

"那你呢，你怎么办？"伞骨坏了一节，我一边专心整理雨伞，一边发问。

我抬头，见他从不知什么地方捡了一片荷叶，他一边顶着，一边对我说："没关系，我有荷叶呢。"

我当时特别感动，但我还是客观地评价了一下他的造型："你这样很像葫芦娃。"

他："应该是荷叶娃吧。"

## 008

我听过一句话：爱情是一个人的软肋和铠甲。同样，吃是我的软肋，也是我的铠甲。白大狗经常抓住这一点，反复蹂躏我的尊严。

某一天，他买了特别好吃的煎鱼，我刚尝了一口，他就把鱼移到一边。

他："说，那个明星G和我谁更帅？"

我心想，无论如何偶像都是不能被侮辱的，于是大义凛然地告诉他："当然是你更帅。"

他："语气不够坚决。"

我："我对着煎鱼发誓，真的是你更帅。"

他："态度不够认真。"

我被激怒，不想再吃了，于是说："G更帅，你想比G帅？做梦吧！"

他："我喜欢你的坦诚。"然后把鱼推到我面前。

不管那么多了，开吃！

## 009

有的情侣出去旅游，回来之后会把游记发到微博上，比如描写一下当地的文化历史。

然而，我和白大狗去一个地方旅游，回家之后是这样对话的。

我："那条街都是好吃的，排骨年糕和葱油拌面简直绝了！"

白大狗："对，我们下次一定还要去吃！"

我："那一家蟹壳黄做得不好，拉入黑名单，再也不去那里旅游了。"

白大狗："同意。"

之后，我们每次想去一个地方都会喜笑颜开地这样约定："再过×天，我们就要去×地吃到×地的美食啦！"

## 010

公司组织团队建设活动，地址选在桃花公园。前一天晚上他骗我说，最大的那棵桃树可以许愿，我一时智商下线，竟然信了他的鬼话。

当天，我拿出提前准备好的中国结，当着所有同事的面大声说："听说这棵树可以许愿，那我先挂上我的心愿啦！"

我刚要靠近那棵古树，就被公园里的工作人员大声呵斥了，同事们一片哄笑。

回家之后，我和白大狗说了这件事，他笑得直不起腰。我冷漠地看着他，告诉他我的决定：一个月内，我不会再和他多说一句话。

白大狗没再接话，默默地出门避难。

一小时后，他坐到我旁边。他在左边，我就把身子向右转，他在右边，我就把身子向左转。

他清了清嗓子，一字一顿道："我买了两箱零食和一个蛋糕，你现在正在气头上，所以不用理我，但是看一眼也不会影响什么，你说对不对？"

我抬头看向天花板："蛋糕在哪？我在问天花板。"

## 011

他喜欢说一些奇奇怪怪的烂梗。

有一次他突然问我："你知道你和猴子的区别是什么吗？"

恰好我听过这个问答，于是冷笑着回复他："想套路我？没那么容易，答案是猴子在山上，你在我心里。"

他摇摇头："错了，你和猴子的区别是猴子比你瘦，你比猴子胖。"

他被我一顿毒打。

## 012

心情差的时候，我一句话都不想说。

白大狗："哈哈，这相声太逗了，你看看。"

我："不想说话。"

白大狗："好球！牛啊！你看这最后一脚，绝对载入史册！"

我："不想说话。"

白大狗："厉害，刚开场就五杀了，这个游戏天才不会是开挂了吧？"

我："不想说话。"

白大狗："尝尝这个，在楼下买的烤冷面。"

我："在哪儿？烤冷面在哪儿？"

## 013

躺在沙发上和他看电影，突然想吃点儿东西，我就把打开包装放了一天的薯条拿过来。

他一把夺过去直接放到嘴里，吃一半，留一半。

白大狗："这根软了，我吃；这根很脆，给你。"

突然有点儿感动，我没话找话地想要赞美他："那个，都说认真的男人最有魅力，你认真吃薯条的样子真的很帅。"

他："谢谢！"

我："为了表示感激，你全部吃光好了。"

他："你没必要对我这么好吧？我会膨胀的。"

我："只要是你，怎样都没关系。"

说完，我打开一袋没开封的薯条默默地坐到旁边去吃。

## 014

某一天我肚子疼，不想吃东西，让他去楼下买珍珠奶茶，我喜欢咀嚼"珍珠"的感觉。十分钟后，他拿着一大杯红豆奶茶出现在我面前。

我充满慈悲地想，虽然他并没有满足我的需求，虽然买来的不是我喜欢的，但他毕竟花费了时间和精力。

"谢谢。"我刚要接过来，他却笑着把奶茶从我手里抽离。

"没插吸管呢。"

"谢谢。"我看他耐心地插上吸管，一头雾水地拿过来，还没握住，又被他一把夺走。

"太凉了，我帮你喝。"

我腹痛难忍，不想再配合他的幽默感，于是趴在桌子上略带绝望地看着他。

他突然像变戏法一样拿出一杯珍珠奶茶："这杯是热的。刚才太烫了，现在应该温度正好。"

"大笨蛋。"

≡

## 3.猫奴的日常

### 001

我和他共同抚养了一只猫。猫咪的身体是白的，但头顶有一块黑毛。

有一次白大狗去香港，回来之后看看我，又看看猫，然后疑惑地问："这一段时间咱们的猫儿子是不是吃不好睡不香？"

我："没有吧。"

他摸着猫咪头顶的黑毛："可是为什么我觉得它的发际线后退了？"

## 002

吃完晚饭，我和白大狗分别坐在沙发的一角，他玩儿游戏，我看视频。

我忽然看到视频上的一个国外男子自己带三个孩子，竟然游刃有余，宝宝们像是经过训练的小士兵一样，乖巧懂事。

恰好白大狗打完一局游戏，我对他说："你看看人家，估计将来一个孩子都能让你忙得天昏地暗。"

白大狗不服，于是抱起我们的猫儿子模仿视频里的姿势和神态，见样学样地说："嘿，儿子，以后你是个男子汉了，知道吗？"

我和猫咪一起看着他，仿佛在看一个神经病。

## 003

他的时间观念特别强，这是我的弱项。平时如果有饭局，我和他一起出门可以完全放心，但是一旦我自己单独赴约，往往会游走在迟到的边缘。

有一天，他莫名其妙地约我吃饭。在电话里，我问："今天是什么纪念日？抱歉，我真的记不清了。"

他回："今天是我们相爱373天纪念日。"

"呃……"

当时我正在加班，想起这件事时已经离约定时间只剩半小时。于是我夺命狂奔，打了一辆快车直赴现场。当然，结果还是迟到了。

我去的时候，他已经点了一桌子菜。

他："都是热的，放心吃吧。不过，既然你迟到了，我得惩罚你。现在先闭上眼。"

我看他越来越靠近，忽然有点儿脸红心跳，闭眼照做。当时心里想的是，他不就是想亲亲吗，直接说就好，还拐弯抹角的。但是说真的，当时确实有一点儿小浪漫。

"好了，可以看了。"

咦，不是亲亲？

我睁开眼，他拿着手机让我看，备忘录里是他刚刚写好的惩罚事项：今晚你铲猫屎。

## 004

楼道里面安装的是声控灯，我从没想过，连灯都不能逃过白大狗的娱乐魔爪。

某一天他说："咱们玩个游戏吧。你和我依次发出各种不同性质的声音，让灯发光。"他特别强调，必须是不同性质的声音，比如人的嗓音，一旦有人用过了，对方就不能再用嗓子发出声音。

我："如果灯没亮呢？"

他："没亮的话，那就是输了。"

于是我和他分别尝试了鼓掌、学猫叫、敲墙壁……

最后轮到他，我决定笑着看他出糗，因为能想到的发声方式全都想到了，这一次他必输无疑。

结果，他突然捧住我的脸超用力地亲了一口，同时发出一声巨响："啵！"

声控灯被震亮了……

"你，你犯规了吧！"我又羞又恼地看着他。

"哈哈，哪里犯规了？"

"流氓！不只犯规，还犯法！"

## 005

去超市买猫粮，他在前面，我在后面。看到他可爱的背影，我灵机一动，想要搞一个恶作剧。

当晚，他穿的是休闲七分裤，没有腰带。我悄无声息地跟上他，伸手捏住他的裤子，准备向下拉。

然而没等我用力，他反手握住了我的手。

"放开我。"

他模仿"爱的抱抱"生编硬造出一个新词："这是爱的握握。"

然后他背着手，我被他牢牢攥着，两个人大摇大摆地穿过人群。

## 006

猫儿子特别黏人，每天吃饱喝足之后喵喵叫着求抱抱。后来我和白大狗说了这个规律："一般情况下，它连叫三声会让我失去抵抗力，无论我当时在做什么，都会乖乖把它揽入怀里。"

有一天晚上，我在书房工作，又听到猫咪在叫，但是这次很奇怪，猫咪像感冒了一样，声音特别沉闷。

我转头，看到憋笑到不行的白大狗。

白大狗把两个拳头抵在下巴处继续喵喵地叫。

我问他："你是猫？"

白大狗连连点头。

我说："那你今晚睡猫窝，真正的猫儿子和我睡。"

## 007

我习惯把工作和生活分开，有时候白大狗去公司接我，我会对不熟的同事介绍，他是我哥。

后来七夕当晚，他回家的时候带了一大捧花，那一段时间我已经忙到彻底忘了节日的事，看到这一幕，我喜出望外。

我抱住他开心地蹭来蹭去："谢谢老公。"

他嘟着嘴怼了一句:"难道不是老哥吗?"

这时候我才注意到,随花附赠的手写卡上,赠送人一栏写的是:异父异母的亲哥哥。

## 008

晚上下班回家,前后都没有人,他顺势把胳膊搭到我肩膀上,举止轻浮。但是没过多久,他却忽然像做贼被发现一样,老老实实站好,和我隔着半米远前行。

我左右看了看,没发现任何异常,于是问他:"你怎么了?"

他神经兮兮地和我说:"你不是不希望我在人前和你搂搂抱抱吗?刚才被一个汪星人发现了。"

不远处,一条流浪狗正在摇尾巴。

## 009

某一次我和他冷战,一整天都没说话。到了晚上,他抱着我们的猫儿子郑重其事地说:"儿子,爹要跟你说一件事,我老婆不要我了,以后就只有咱们两个相依为命了。是爹不好,总是惹自己老婆生气……"

我听完心里忍不住想笑,于是坐到他旁边:"算了,为了儿子,原谅你好了,还能离婚咋地……"

## 010

周末，白大狗在看电视，我在另一个房间看书，他突然兴冲冲地朝我喊话："刚才我在电视上看到你了！"

我一脸匪夷所思："你没花眼吧。"

他："真的，有个人特别像你。"

我一边翻书一边自恋："那也正常，我这种明星脸，好多同学都说……"

他打断我："刚才我看的是法制频道，受害人和你很像。"

我瞬间被噎住。

## 011

晚上，他在家炒菜，放油有点儿多，我在旁边观摩的时候，新买的T恤被溅了好几滴油点儿。

"这可是限量版。"我几乎是带着哭腔说："不过没关系，你能主动做菜，我已经很欣慰了。"

吃饭的时候，他摆了满满一桌子菜，又看了看我的衣服，若有所思："刚才是做哪道菜的时候给你弄脏的？"

我回："做烧茄子的时候。"

他："没想到烧茄子这么不老实，干它！"说完，他给我和自己分别夹了一筷子烧茄子。

## 012

假期，我和他打牌，为了更好玩，我想出一个鬼主意：赢家可以用煮熟的鸡蛋猛拍输家的脑门，结果他连赢了五次。

到了惩罚环节，我心虚地闭上眼，不敢想象这一鸡蛋砸下去额头会红肿还是会瘀血，结果我等来的却是一个轻轻的吻。

他笑道："怎么办，我舍不得拍你。"

我嘴硬："只有我们两个人打牌，输和赢的概率都是50%，如果玩家再多一点儿，我肯定能赢。"

他听完，把我们的猫儿子抱到身边，然后开始给我们三个发牌。

猫咪一脸蒙。

## 013

领养猫儿子之前，他对宠物不屑一顾，用他的话说就是"大男人志在四方，岂能玩物丧志？"尤其是我把猫咪抱回家的当天，他大吵大闹，甚至想要离家出走，一会儿说对猫过敏，一会儿说猫有病毒，最后又说猫爪太尖……

我没说话。

养了猫儿子三天后，他一边轻抚猫一边说："这猫好懒，哈哈，怎么抚摸都不醒。"

十天后，他养成了吃饭之前先给猫喂食的习惯。

半个月后，他打球扭伤了脚，自己没心情做饭，但是他一瘸一拐地下楼给猫儿子买猫粮。

有一天我故意逗他："哎呀，最近不想养猫了，把它送人好了。"

他急眼了："你不养我养，可不能没有责任心。"他一边说一边轻抚猫，然后嘘寒问暖地问猫今天累不累，想不想吃什么东西。猫咪冷漠地斜视他，一声不吭。

从他身上，我可以看到一部猫奴养成史。

≡

## 4.喜欢G还是喜欢我

### 001

我一直希望在结婚之前的消费和他AA制，当然，这种钢铁直男自然是不愿意的，所以平时都是他请我吃饭。

某一天吃饭之前，我悄悄地给他发了个微信红包，然后偷偷地用他的手机点了接收。晚上被他发现后，他非要把钱退给我。

争执了一会儿，我说："要不这样吧，你写个欠条给我，以后你慢慢还。"

他想了想，同意了。

我拿出纸笔给他，然后支着头看他认真地写着一笔一画。

"给。"

他把欠条递给我，展开之后欠条上写的是："我欠你一场婚礼和一生一世的爱。"

### 002

吃完晚饭，我和白大狗大眼瞪小眼，谁也不想洗碗。

我："洗衣机里还有好多衣服，真是累得不想动。现在只有咱们两个人生活，就觉得如此艰难了，如果将来有了孩子……"

白大狗顺着我的话满脸憧憬地说："如果将来有了孩子，可以让孩子给我们洗碗和洗衣服，并美其名曰'锻炼他的独立生活能力'。"

我们击掌相庆，一拍即合。

### 003

我和他看电影，电影里面有一幕是老父亲做了一桌子菜，但是女儿回来之后却把桌子掀了。之后电影进入高潮，人物开始爆发情绪和矛盾。

电影很感人，电影院里已经有人开始哭了。

我和白大狗对看了一眼，我低声和他说："刚才那一桌子菜浪费了真可惜，尤其是那一道爆辣金针菇。"

白大狗疯狂点头，然后若有所思地说："不过……咱们两个的关注点是不是有点儿不对？"

<h2 style="text-align:center">004</h2>

白大狗经常说，我花在明星G身上的时间比花在他身上的时间还多。

我无力狡辩。

某一天，我在家工作到深夜，大脑昏昏沉沉的，忽然手机响了。我拿起手机，看到屏幕上赫然显示着几个大字："G来电"。

我兴奋到差点儿跳起来，揉了揉眼确定不是做梦。

当时大脑来不及思考，结果我接通后听到了白大狗的狂笑。

好吧，又是他在捣鬼，他把我手机联系人里面他的名字改成了G。

两周过后，吃晚饭的时候他忽然挠着脸说："我刚才不小心看了你的手机一眼，我发现有个人叫'恼怒'，最近和你联系很密切。"

我："你是说'恼蚕'吗？"

他："对，就是这个名字。"

我："那是你名字的备注。"

## 005

我喜欢明星G，这是我难以逃过的一道劫。

某一天，我和白大狗因为琐事吵架，吵完架，白大狗主动过来向我求和。"甜言蜜语"和"零食攻击"全都无效之后，他无奈地跑到一边。

我心想，少了这个幼稚狂终于可以安心工作了，结果半小时后他顶着刚刚打印好的G的大头照，模仿G的语气说："温柔地对待我可以吗？"

我握住他的手，红着脸说："今天你一直戴着面具好不好？"

好啦，其实是开玩笑的。

## 006

G成了他嘴里的"坏男人"，而养着这个"坏男人"却是我最大的乐趣。

有一天，我正在像龙猫一样鼓着嘴巴吃东西，白大狗突然坐到我身边神秘兮兮地说："我觉得你还是不吃比较好。"

我心想，这么快就现原形了，说什么胖胖更可爱，其实根本就不是那么回事，哼！

他接着说："你知道为什么我认为我有义务督促你少吃一

点儿吗？"

我："为什么？"我说话的时候嘴巴还是鼓的，尴尬到不知道该不该继续吃。

他："G的择偶标准，第一个要求是那个人必须要瘦。"

"哦。"原来不是嫌弃我的意思，我心中一喜："那你呢？你的择偶标准第一个要求是什么？"

他说："我的择偶标准，第一个要求是那个人必须是你。"

莫名感动。

## 007

有一次，我健身之后腰酸背痛，感觉全身肌肉已经被乳酸占据，只要抬抬手或者踢踢腿就会忍不住"啊"一下喊出来。

第二天，我和白大狗走在路上，我整理背包的时候眼镜盒从背包里面掉了出来。

因为腰肌酸胀，蹲下去特别痛，于是我和白大狗说："你能帮我拾起来吗？我现在不能弯腰。"

白大狗看了我一眼，一边拿眼镜盒一边怼我："你是怕弯腰的时候脑子里的水掉出来吗？"

我追着他拳打脚踢，很神奇，我暂时忘记了身体的疼痛。

## 008

明星G和F经常被人拿来炒作。有一天，我仔细研究了一下F的照片和资料，突然发现，自己已经在不知不觉间喜欢上了可爱的F，甚至对F的喜欢并不比对G的喜欢少。

某一天，白大狗看着我更新的桌面和抱枕，冷不丁对我说："你这么做G知道吗？你觉得你对得起G吗？"

我愕然了两秒钟，然后狂笑。

"G和F都是我的心头肉啦。"

"那我呢？"

"你仅次于他们。"

## 009

我和他出去吃烧烤。他问我想点什么，于是我随手点了几样。点完菜之后，我对他提出了一个发人深省的问题："到现在为止，咱们还没吃过什么肉？"

他给我普及了一些奇怪的粤菜，听得我胸口发闷。我打断他，然后说："如果只考虑常见的食谱，我好像还没吃过马肉。"

他："常见的食谱？你是想说'常见的动物'吧？不过对你来说也没区别。"

我："你就说对不对吧，我好像真的没吃过马肉。"

他大义凛然地伸出胳膊："来吧，我属马。"

## 010

某一天晚上，我和他在外面散步，月华如水，温度不冷不热。他看着我，神情忽然满是温柔。

我不明所以："怎么了？"

他说："你知道吗，从我这个角度看，我感觉你好像一条小狗。"

虽然他文学修养不够，不太会夸人，但我大概能懂他想表达的意思，差不多就是可爱乖巧之类的词。

我羞涩地打了他一下："你以后能不能换个方式夸人。"

他默默点头。

我追问："那你说，我像什么品种的小狗呢？"

他回："牛头梗。"

我瞬间无语。

讨打的人，总能找到各种讨打的理由。

## 011

有时候白大狗特别自恋。某一次他健身完回家，对着镜子检查自己的肌肉，前前后后看了大概有十五分钟，最后冷不丁地和我说："你说人有前世吗？"

我："啊？"

他："一定是我前世做了很多惊天的好事，所以这辈子练成了这么完美的身材。"

我："哦。"

他："同样的，一定是你前世积德行善，所以这辈子才遇到我。"

我："啊？怎么会这样？为什么好人没有好报？"

他："怎样算是你的好报呢？"

我："遇到G。"

## 012

白大狗非常不喜欢购物，购物对他来说不是享受而是折磨。他往往会一次性买来一整季的衣服，从此再也不会踏入商场半步。

去年春夏换季期间，正好赶上我工作最忙的时候，没有太多时间陪他。某一天，我回家之后发现床上赫然放着十来件新衣服，几乎全部都是爆丑的纯色款式，而他正卧在床上打游戏。

我默默拿了几件衣服在镜子前面搭配了一下，神奇的是，无论怎样组合，依然毫无美感可言。

我对他说："虽然这么讲很不礼貌，你不会又是三分钟买完的吧？"

　　他："有衣服穿就行了呀，又不去相亲。"

　　我："那为什么鞋子你反倒很讲究呢？球星同款鞋你收藏了一鞋柜。"

　　他："打球需要。"

　　我："实在看不懂你的品味。"

　　他坏笑："我品味很差吗？如果我品味差，怎么可能会看上你呢？"

　　贫嘴。


013

　　我新买了T恤，自认为非常有设计感，于是穿给他炫耀。

　　我："看看我买的衣服和你买的简直是天壤之别。"

　　他指着衣服上的某一处细节："这里是有补丁吗？"

　　我不想拯救他的审美，于是转移话题："是不是看起来很显年轻？你感觉我像多大年纪的？"

　　他仔细思考了一会儿："嗯，十八吧……"

　　我有点儿焦虑："不行，那穿出去感觉太幼稚了，和我身份不符。"

　　他："我是说智商，IQ值像18。"

　　说完，他惨遭暴打。

## 014

据说白大狗小时候有多动症，后来虽然情况有所好转，但还是保留了一点儿后遗症——每次看书或者做其他只能动脑不能动手的事，他的嘴巴就会不自觉地嘟成兔子嘴。

虽然很难形容，但是那个时候他的表情其实是很可爱的。

我作为他的克星，天生就有强迫症，每次看到他的兔子嘴，我会忍不住给他按下去。所以经常会发生这样一幕：他刚要噘嘴，就被我按瘪。再噘嘴，又被我按平。反复多次之后，我竟然帮他改好了这一恶习。

有一天聊到这件事，他说："噘嘴可以帮我集中注意力。这是我童年的印记，就这样被你消除了。"

我说："那怎么办？"说这句话的时候，我心里想的是，他童年一定没少挨揍。

他作势把两臂交叉在胸前，一副很生气的样子："你说怎么办。"

我耸耸肩："嗯？"

他大声说："当然是哄我了！"

## 015

有一天吃饭的时候，我们聊到"互相伤害"的话题。

他说："以后我们就算吵架也不要说任何伤感情的事，可以吗？"

我很疑惑："吵架不就是用来伤害感情的吗？"

他斩钉截铁地说："错，吵架是一种激烈的沟通。我不希望吵架的时候彼此互相揭短，戳到痛处。"

我问："那我们该怎么吵架？"

他回："用语气吵，而不要用内容吵。"

然后他给我模拟了一个情景："媳妇儿，是这样的，比如说我犯了错，你想骂我，那么这个时候你可以这样骂——用特别严厉的语气大喊：你这个该死的高富帅！作为一个可恶的万人迷，你竟然十恶不赦地做出这种倾国倾城的事！"

我默默捂住心脏的位置说："很好的提议，但是我拒绝。"

## 016

他很喜欢拥抱。开心了，抱一下更幸福；生气了，抱一下就消气。有一天周末，风和日丽，我和他坐在阳台的遮阳伞下，忽然有一种暗生情愫的温柔。

他站起来走到我身后，从后向前环抱住我，然后是一个用力的大大的拥抱。

如果故事到这里结束，那就美满了，但事实是，半分钟后我挣扎着从他手臂里脱身："你力气太大啦，我都喘不过气了，你是想谋杀还是想怎样！"

他挠了挠脑门，满是尴尬和歉意。

我鼓着气和他说："以后不准你抱我！要由我来抱你！"

白大狗咧嘴傻笑："不是抱G吗？"虽然他明白粉丝和偶像的关系，但偶尔还是会吃醋。

我和他说，追星并不是追寻自己的理想型恋人，而是和那个人一起做一场未完成的梦。喜欢的人未必是演员、歌手，也可以是作家、商人，在那个人的身上，托付的是幻想中的自己。

## 017

数年前，我还没正式和白大狗在一起的时候，我问他："十年后，等我结婚，你会来吗？"

当时我们正在做橘子果冻。他看着我认真地说："肯定会来，无论我在哪儿。"

我笑："为什么这么笃定呢？"

他把剥好的橘子瓣递给我："如果我不来，你要和谁结婚呢？"

一语中的。

≡

# 5.XXXL号儿童

这 个 故 事 从 你 开 始

## 001

我体重并不超标，但因为我吃得多，给白大狗造成一种我很重的错觉。因此，体重也成了我们之间绕不开的梗。

有一天下雨，风特别大，他开车到公司接我。

我坐到副驾驶座位的时候，他说："我来的路上特别担心车被风吹跑，真不是夸张，新闻上能看到类似的事件。"

我一边整理头发一边回他："怎么可能，又不是台风。"

他说："是啊，你坐进来之后，我瞬间感觉车身稳了很多。"

我挥起铁拳捶他："滚……"

## 002

白大狗特别支持我学习炒菜，平时他的性格并不是很有耐心，但在这件事上他却表现出了惊人的温柔。

某一天我突发奇想对他说："我要学做蛋挞！"

他借助记忆和网络，迅速告诉我制作方法："准备牛奶、黄油、蛋黄、糖，然后……"

我翻看着美食图片打断他："不好，我还是做卷饼吧！"

他："卷饼？那可以用肘子肉、洋葱、土豆丝……"

我："不行，好像中午更适合吃生煎。"

他："这个不容易掌握，不过原料可以是……"

我："天啊，我没有炒菜天赋！我们去楼下吃吧。"

他："好吧。"

有一天晚上，我趴在床上昏昏欲睡，他突然兴致勃勃地和我说："看你这萎靡不振的样子，我给你讲故事听吧。"

我点点头。

他说："从前有个人，晚上肚子饿了，很想吃东西。他想了想，自己特别擅长做蛋挞，于是用面做了两个薄饼，把饼卷起来，切成块儿，然后做成小碗状。再之后，他将两个鸡蛋黄打散……"

好吧好吧，我学会了，谢谢白老师的良苦用心。

## 003

白大狗超级擅长抓拍我的丑陋瞬间。

别人的男朋友即便拍不了美美的照片，起码也能拍个复古的游客照，他呢，一定是怎么丑怎么拍。

有一天我忙着工作，两只手都在飞快地打字，只好把棒棒糖插在手机支撑架上。

因为眼睛始终没有离开电脑屏幕，我只能凭感觉去舔糖吃。但是尴尬的是，我连续舔了三次都落空了，感觉像在舔空气。

抬头，我看到白大狗正拿着手机一边拍摄一边憋笑。

我没理他，毕竟一个在游乐场鬼屋都要装鬼吓我，出了鬼屋还要对着我魂飞魄散的表情猛拍的人，手机里面是不可能有我好看的照片的。

后来有一天，他故意玩浪漫，和我说："没想到我也拍了一张你的美照。"

我半信半疑，拿过他的手机。

这家伙竟然开着iPhone手机前置摄像头，我低头只能看到自己瞩目的鼻孔和下巴。

我愤怒地把手机丢给他："你知不知道iPhone手机前摄有多高清？你是想让我现原形是吗？走开！"

目送他消失在我的视野范围，我心想，这就是我不买iPhone手机的理由。

### 004

有一次我们出门旅游，车开了40分钟，他突然对我说："抱歉，我可能要告诉你一个晴天霹雳的消息。"

我问："什么？"

他悠悠地说："你忘记带手机了。"

我翻遍了背包和可能出现手机的地方，然后仔细检索回忆，最终确定他真的没骗我，手机被我落在了浴室。

我有点儿慌，越想越崩溃："那怎么办？我还有工作的事情要处理，万一亲戚朋友联系不到我，万一公司出了重大事件，万一正好这两天……"

我像祥林嫂一样碎碎念了五分钟，他慢慢接话："别怕，幸亏你有个老公，我帮你带上了，在我右侧口袋里。"

所以，刚才这是？

他："刚才就是逗你一下。"

吓死我了！这次旅行差点儿被毁掉，我心里带着哭腔想。

痛定思痛，我把手伸进他的右侧口袋拿出手机，然后捏住他肚子上的肉，实施家暴。

## 005

白大狗说，他小时候身体还没发育，显得头特别大，胳膊和腿又细又长。那时候，他担心自己的双腿撑不住身体和脑袋的重量，所以他运动的时候必戴护膝，生怕一不小心，细长的四肢被身体和圆滚滚的脑袋压断。

正如"体重"是属于我的梗一样，"头大"也是他的梗，时不时就被我拿出来讲几句。

有一次他要做一个演讲，演讲的前一晚上在家里给我预演。

整个过程他讲得激情澎湃，我大部分时间都在认真倾听，但因为同时在回复工作微信，时不时会低头看一下手机。

他打了个响指，然后自恋地眨着眼睛提醒我看他："同志，请注意我的表情，视线放在我脸上，看到了吗？"

我："早就看到了，头那么大。"

他瘪嘴。

还有一次，我们两个人随意闲聊，情到浓时我忍不住用手捧起他的脸。

他用一种超可爱的目光朝我放电。

我率先打破气氛："哎呀，捧着你的超级大头，手可真酸。"

他无语地吐气。

## 006

我一直觉得吸尘器没办法清除边边角角，于是买了一个原始的鸡毛掸子作为辅助。有一天我和他打打闹闹，他再次激起我的怒火。看我生气，他迅速找到那个鸡毛掸子背到自己身上。

我问他："你在干吗？"

他撇撇嘴："负荆请罪啊，任你处罚。"

"你是不是神经病。"我白了他一眼，抱着猫儿子翩然离去。因为我怕再多待一会儿，我会忍不住笑出声。

他是很笨，但是怎么办？他总能找到我的命门。

## 007

白大狗属于演技派，和他在一起后，我过第一个生日，他说他要去成都出差，生日当天上午的飞机。

那一天我们起得并不算早，虽然并没有生离死别的情景，但想到原本可以有各种各样的生日安排和聚会，现在全没有了，我心里依然有化不开的失落。

早上八点，他拖着行李箱向外走，我抱住他耳鬓厮磨了一会儿，恋爱中的小甜蜜让我不忍松开手。最终他还是残忍地提醒我，再不走就误机了，我只好送他去了楼下。

独自回到房间，我默默地对着电脑发呆，然后安静地思考中午要吃什么，各种情绪交叉。

二十分钟后，门轴转动。

"刚才在楼下订好了生日餐。"

"你没去机场？"

"没去，因为今天根本就不用出差啊。"

"你的良心呢？又骗我！"

"可能良心被你吃了吧。"

我开心地跳到他背上。一个并不复杂的惊喜，情愿被骗，情愿喜欢你。

## 008

有时候，我觉得和他在一起就像养了个儿子。比如做家务，大部分时间都是由他来做，原因是我们只要通过"石头剪刀布"的方式裁决，总是他输。

某一天我和他对战，原本三局两胜制，我已经赢了两局，结果他说要五局三胜。

第三局我又赢了，他又开始闹着要七局四胜……

就这样，他一直输到了十三局七胜。

我酷酷地和他说："笨蛋，这辈子你都别想赢我了。"

他特别不服，然后开始展示他体力上的优势，把我拉起来，像旋转木马那样拽着我的胳膊打圈。

"为什么我会喜欢上一个神经病……"我经常会在半空中思考这个问题。

### 009

我非常不喜欢在人前秀恩爱，倒不是迷信"秀恩爱，死得快"，而是曾经作为单身狗，我明白秀恩爱这件事的杀伤力有多大。

有一天，我和白大狗还有他的一个男性朋友出门，朋友走在前面，我和白大狗走在后面。

白大狗趁着朋友不注意突然过来索吻。我本想拒绝，又怕他纠缠不清反而浪费时间，所以我迅速地回应他。

第一次得手后，他又不断地要求第二次、第三次……

偶尔他朋友回一下头，能把我吓到灰飞烟灭。

回家后我和白大狗吐槽，动之以情，晓之以理，要求他再也不要偷偷摸摸做这种事了。

白大狗反问："偷偷摸摸？我觉得我是光明正大的啊！如果偷偷摸摸的话，那刚才咱们算是偷情？"

### 010

最初我认识他的时候，他特别能抽烟。每次他不分场合点上一支烟，总会被我第一时间阻止。但是偶尔也有漏网的时候，等到我发现他"作案"，他已经抽得只剩下一个烟蒂了。

这种时候，他总会一脸得意地靠近我，然后在我脸上大吐烟圈。

"走开啦！"

推他走的时候，他那种傻傻的骄傲表情就像一个大龄儿童，又可爱又淘气。

他："你不觉得我抽烟的样子很爷们儿吗？"

我真诚地告诉他："我一点儿也不觉得爷们儿，反倒很像……"

他："很像什么？"

我："很像正在喷气的空气加湿器。"

## 011

早晨睡醒后，我特别惊恐地和他说："天啊，吓死我了，我梦见自己的体重超过了260斤，气得我砸烂了体重计。"

他："如果你真的那么胖也不错，可以回家开饭店，胖胖的老板娘会让人产生信任感。"

我："咦，好像是个不错的选择。但是，如果我真的那么胖了你还会喜欢我吗？"

他特别诚恳特别认真地告诉我："你说呢？总是问这种问

题，我当然不会再喜欢啦！"

我一口鲜血郁结在心。

## 012

有一次，我协助一个闺蜜向她喜欢的男生求婚。这是一个特别温馨的策划，在KTV包厢，隐藏的摄像头可以将男生的表情、反应完整地录下来。

不出预料，在我的助攻下朋友求婚圆满成功。

拆设备的时候，我突发奇想，不如叫白大狗过来，我也表白一次，看看他是什么反应。

我朋友找了个理由把他叫到KTV，我们唱了一会儿歌、吃了一些水果之后，我认真地说："这么久以来，谢谢白先生的温柔相待，你让我明白了什么是爱，什么是幸福……"

我还没说完呢，白大狗来了一句："别拍马屁，这一招对我无效。说吧，你又想吃什么了……"

事后，我迅速删除了隐藏录制的视频。

## 013

有一天我和他幻想有了孩子以后的生活，他接过话茬儿："所以说，我们要赶紧结婚啊。"

我支着头："我有个朋友，还没结婚就生孩子了。"

他认真地说："嗯，但是我希望给你和孩子安稳的家。"

我捏住他耳朵："好吧，你这么说，说明你表面上还挺可靠，那我回头考虑考虑要不要嫁给你。"

他："什么叫'表面上可靠'？你可是一诺千金的人，今天说的话不能反悔。"

我："我又不是什么君子，哪儿来的一诺千金。"

他按了按我的肚皮："别人是一诺千金，你是一诺千斤，500千克。"

## 014

每次争论，我都被他击中要害，久病成医，慢慢地我也开始学会反击。

有一天我问他："为什么你现在上班既不开车也不打车，整天骑一辆共享单车优哉游哉地来来回回？"

他大义凛然地说："因为我要响应环保号召，绿色出行，安全健康。"

我追问："你是不是最近变穷了？"

他正色道："你想多了。"

我说："如果你真的变穷了，记得一定和我说。"

他急得抓耳挠腮，打断我："哎哟，真心没有，但是你这么一说，我还挺感动。"

我接着说后半句："我会告诉你乞讨的三种方法。"

### 015

他过生日，大家都知道他属马，所以我除了送给他一条超贵的皮带作为礼物之外，还专门手写了贺卡。

我在贺卡上绞尽脑汁写了一段生日祝福，然后画上一匹奔腾的骏马，虽然很俗气，但寓意是好的，希望他可以像自己的属相一样马到成功。

晚上，他拆开生日礼物看着贺卡，笑得特别幸福："老婆，我怎么没看过你画画？说实话，你画的这条狗还挺可爱的！"

狗？

狗就狗吧……

≡

## 6.遇见你的可能是七十亿分之一

### 001

除了吃，在其他方面我平时比较节俭。比如手机，我可以连用三年。他一直要求我换手机，但我抱着勤俭持家的心态始终没有更换。

有一天我刚想打电话，却死活找不到自己的手机。他在一旁悠闲地翻白眼："你的手机失踪了知道吗？"

我特别抓狂："赶快给我，别幼稚。"

他从背后拿出当时最新的一款手机："给你，用这个。"

看着白色崭新的包装，空气里充满幸福的味道。

后来有一天，他给我发了一组经典的示爱表情包，虽然我知道这一组表情包被好多人引用过，但是当我一张一张收到的时候，心里还是充满无以复加的感动。

## 002

家里的洗手间是干湿分离的，浴室和厕所被两面玻璃分隔。

某一天早晨，他在浴室洗澡，我在外面对着镜子打理头发。洗漱室一片雾气，这种状况下能不能做出好看的发型，只能凭借第六感。

忽然，我听到他在浴室敲了敲玻璃："送你个东西。"

转身，我看到他在充满水雾的玻璃门上用手指写下我们的名字，最后还呆呆地画了个大圆圈。

"这是画地为牢的意思吗？"

"这是我想和你永远在一起的意思。"

"少说甜言蜜语，我才不信这些鬼话。"我敲了敲浴室门，示意他加快速度，虽然嘴上满是嫌弃，但心里却早已经嘴角上扬。

"我是认真的。你可别狗咬吕洞宾，不识好人心。"

"那就勉为其难地相信你这一次吧。"

"错！你要勉为其难地相信我每一次。"

## 003

某一段时间，他因为工作原因去了深圳，我和他成了相隔千里的苦命鸳鸯。即使如此，还是没有打乱两人的甜蜜计划，我们会在约定好的时间，开着手机定位，远远地追寻着彼此的路线，好像根本没有分开一样。

有一天凌晨，风雨交加，不知谁家的猫咪蹲在我家门口大叫，不知什么原因，它不断发出一种超级恐怖、濒死一般的哭号。

当晚，我恰好"作死"地看了一个恐怖片，前半夜都是噩梦，迷迷糊糊地被吵醒，又受到这种惊吓，实在不敢再装作胆大的样子，只好弱弱地给他发去信息，好像发去信息，就可以离开当下的困境一样。

他迅速拨了一个语音电话，问："怎么不直接语音呢？"

我："怕吵醒你呗，没想到你加班加到这种时候。"

他没再说话，只是打开免提，一直保持通话状态，让我能清楚地听到他那里的声音。他利用断断续续处理邮件的间隙，给我唱了一晚上的歌。至今，我仍记得其中一首民谣，歌词是这样的：

你是，九月夏天滚烫的浪；

你是，忽而大雨飘泼的向往；

你是，飞越山川河流的大梦一场；

你是，整夜白雪茫茫的路旁；

你是，南半球的年少风光；

你是无言，你是对望；

你是，隔着落地窗的翅膀。

"这首歌真好听。"我对他说。

一定是歌好听，我才会这么爱你吧。

## 004

有一次他出差，我送他去机场。临别的时候，我忽然产生了一丝恋爱期的小伤感，于是我变得有点儿"肥皂剧主角附体"，明明他已经走出一段距离，我还是远远地对他说了声："下月二号见！"

可惜，简单的五个字瞬间被机场的嘈杂环境淹没。他指了一下耳朵，示意自己听不清楚。

我晃了晃手机日历，用手比了个"二"，然后更大声地说："二号见！"

他愣了一下，两只手同时比了个"V"，接着笑意盈盈地说了声"欧耶"。

欧你个大头鬼，又不是拍照。原来他以为我之前是向他比画"V"，我只好将错就错地给他拍了张照片。

当晚我和他视频通话，聊聊接下来的日程。

我说："过几天我要和朋友去国外。据说，那个国家的男人基本上就是这样几种：花美男、小鲜肉、老萌叔、大帅哥。"

他故意醋意满满地说："那你别和我视频了，还是去和大帅哥视频吧。"然后做出一副"本宝宝生气了"的噘嘴叉腰状。

我回："你不就是大帅哥吗？"

他白了我一眼："算你有眼力。"

后来，他出差回来进门对我说的第一句话就是："大帅哥回来了，还不快来撒个娇。"

我单手搭在他肩膀上，贴着他的身体做出一个暧昧的动作。

他抹了把汗："请问，你拱来拱去的是在干吗？"

我没有停下，嗲里嗲气地告诉他："当然是在撒娇啊，竟然问这么愚蠢的问题，是白老板太飘呢，还是我不够娇呢。"

他："你娇不娇我不知道，没发烧就好。"


## 005

大概所有人都不会想到，我曾经试过节食减肥，让自己从正常的身材变成超瘦的身材。当时我给自己定了一条规矩，所有的高糖食物一律不碰。

就这样，我像苦行头陀一样坚持了半个月。某一天，我和他出去吃晚饭，半个月没沾糖和肉的我惊喜地发现菜品里面有一份糖醋排骨。

饿和馋最终还是战胜了我的意志力，我伸出筷子夹住一块排骨。

白大狗突然按住我的手："你不是要求我监督你吗？我可要行使监督权了。"

我弱弱地说："这一次你可以假装没看到。"

他鄙视地斜了我一眼："那我就赏你一块吧，哈哈。"

我夹到嘴里，开始毫无尊严地大快朵颐。快速吃完一块，又开始伸筷子，想夹更多。这一次白大狗没再按我的手，而是急忙对糖醋排骨进行抢救，一边把它们从我的筷子下方拨走，一边对着它们大声说："不妙！快跑！再不跑就来不及了！对，你们先走，不要管我！我来断后！"

我收回筷子，默默支着头，内心无比复杂。

他瞪了我一眼："喂！大白天的，不许骂人！"

我愣了两秒钟反问他："我骂人了吗？"

他回："你已经在心里骂上了！"

笑喷了，不知道他又在引用什么梗。

我："你真是个萌萌的大狗子。"

他："我是'萌萌'的大狗子，那你就是'萌萌'喽。"

我夹起一根青菜："哼！老实吃你的饭吧。"

## 006

有一次我陪他去练拳击，他热得流汗，脱掉上衣，露出一身好看的肌肉。

锻炼间隙，我和他打趣："你日复一日把自己练得这么强壮是想打我吗？"

他气喘吁吁，不假思索地说："不是，是想保护你。"

晚上回到家，他开始认真地观看我不久前才看完的恐怖美剧，到了情节最紧张的时候，我突然想恶作剧，故意发出一声尖叫试图吓他，结果他瞬间跳起来把我搂到怀里，嘴里还念念有词："不怕不怕，顺顺毛，吓不着。"

原来，他以为我被吓惨了，所以下意识地想要安慰我。那个瞬间，我好像真的可以感觉到所谓的"男友力爆棚"。

美剧看完后，他开始整理第二天的工作计划。

我看着他专注的样子，把手搭到他肩膀上："奇怪，今天怎么这么认真？"

他没有抬头："如果现在不认真工作，以后要怎么给你安稳的生活？"

## 007

周末，我和他去吃下午茶，我一边咬抹茶蛋糕一边看书，他突然多动症发作，伸手过来揉我头发。

我对他做了一个"Are you OK"的表情，他眨了眨眼笑着说："我在玩猫。"

听他这么说，我索性撸起袖子，起身站到他身后捏着他的两个耳朵向外拉。他故意喊痛，我回他："我在撸狗。"

他只好放弃抵抗，然后说："坐在这里看书会让我想到上学的时候，期末复习有多惨。"

我冷漠着脸说："哦，你说这个，我们学霸是听不懂的。"

他："我也是学霸好吗？数学从来都是及格的。"

看到他这么低的自我要求，我有点儿迷醉，于是反问："是吗？那你知道什么是莱布尼兹公式吗？知道什么是泰勒公式吗？知道什么是中值定理吗？那么柯西定理呢？或者一阶齐次线性微分方程和二阶常系数非齐次线性微分方程，这些分别是什么意思？"

他："当我没说。"

我重新坐回自己的位置继续看书，期间他不断聊些幼稚的话题，被我各种怼。

十几分钟后，他捧着一本商业管理类的书愤愤地说："这到底是谁写的厕所读物？商业是做出来的，不是写出来的。"

我原本想说"笨蛋，商业不是儿戏"，结果一张嘴说了一句："笨儿子。"

他两手一伸，把我整个脸挤成屁股状："我不是你儿子，我是你儿子他爹。"

我愣了一下，瞬间脸红。

从咖啡书店离开的时候，天已经黑了。我逗他："好久没人向我表白过了。"

他听完一言不发，径直把我拉到步行街的一角，强势表白："跟我在一起好不好？我吃肉，你喝汤。"

我还没把"神经"两个字说出口，他紧接着把胳膊搭到我肩膀上："不管你同不同意，你都是我媳妇儿了。"

## 008

我和他去日本度假，景点很多，第二天必须早起才有可能转完。

作为资深夜猫子，我依旧看剧看到凌晨，他叫我起床的时候，我本能地想要耍赖："别动，我太困了……不要，松手……"

他努力了一通无果之后，无奈地说："那你自己待在酒店吧，不管你了。"

我抱着床，心里五味杂陈。一方面觉得开心，终于又能睡一会儿了，另一方面又有点儿失望，他竟然决定把我一个人丢在这里。

我把枕头压在自己脸上，睡意蒙眬中没再说话，但是我忽然感觉整个人横了起来。

他直接把我连同被子一起扛到肩上，边走边说："懒死了。"

当天上午，我们约定喂完小鹿后去岛上钓鱼。正是夏天，除了火辣的太阳可以把人晒脱皮之外，最可怕的是我的吸蚊体质帮我吸引了一大群蚊子。

那一天我穿得无比清凉，双脚和小腿全都裸露在外。

鱼没钓上来，蚊子们已经快把我榨干了。他看到我腿上肿肿的，迅速脱下自己新买的上衣裹在我腿上。

我："笨蛋啊你！这衣服很贵的！"

他："没你贵。"

低头，才看到他的脚踝已是蚊虫叮咬的重灾区。

他像是没知觉一样，只顾着去问旁边的夫妇有没有花露水，问完还补上一句："给我媳妇儿喷喷就行，我不用。"

后来从日本回来，某一天他说："下次旅行你想去哪里？"

我想了想告诉他："想去蒙古看草原，想去马尔代夫走沙滩，还想去冰岛、希腊、日内瓦，不过归根结底，我最想去的其实是……"

他："其实是什么？"

我："我最想去有你的地方。"

他："只要我陪着你就够了吗？那你这个愿望早就实现了。"

我："嗯？"

他："因为你一直都在我心里。"

哎，两个肉麻狂魔。

## 009

因为工作需要，他经常飞来飞去。有一次他临出差的时候，我和他说："最近恐怖电影看得有点儿多，家里空荡荡的，我总觉得有点儿害怕。"

他笑笑说："这还不简单，把我们的合照打印出来，尺寸越大越好，挂在墙上和你能看到的任何地方。"

我："这有什么用？"

他："你的照片用来吓人，我的照片用来吓鬼。"

我猛翻白眼，作势捶他胸口："找死！"

他双手合十求饶："我是想保护你。"

虽然我觉得这样做只能起到心理安慰的作用，但我最终还是照做了。

有一次我和他在电话里吵架，我气到抓狂，又无处发泄，只好拿弹力球不断地丢到墙上，砸在他的照片上。

他在电话那头问："什么声音？你在拆迁吗？"

我回："我在家暴你。"

后来有一天深夜，我加班加到很晚才回家。我路过小区路灯昏暗的地方，免不了有些胆小。

想到他之前说过的方法，我把手机屏幕按亮，看到手机壁纸上他傻笑的样子，心里突然不再害怕，像个神经病一样踏着步子回家了。

大概爱就是强大的保护伞，握住手机，就能握住他给我的安全感。

### 010

白大狗是个烂梗王，某一次他问我："你能在一秒钟内说出一个英语主谓宾结构的句子吗？"

我："？"

他："I love you."

我看着他呆呆的样子，又好笑又好气："幼稚狂。"

这并不是最幼稚的。有一次夜里回家，我和他刚走到小区门口，忽然看到一只小动物飞速溜了过去。

白大狗四处张望了一下，一脸"没看清那是什么"的表情。

我问："你说它会不会突然跑回来咬我们？"

他思考了一会儿，然后超大声地学了几声狗叫。

我看着他说："刚才路过的是猫，你学狗叫干吗？据我所知，狗不是猫的天敌吧！"

他："也对。"

我："和你说话好累心。"

他："如果说话太累，那就直接拥抱呗，不说话。"说完，就是一个大大的拥抱。

我："笨蛋。"

他："怎么？给你一个拥抱你还不喜欢？不喜欢可以还给我。"

## 011

大概就是因为这些小确幸，让我渐渐地发现了他的温存和体贴。

有一天我突然想吃核桃，于是撸起袖子试图自己夹核桃吃。然而，当我大力握住核桃夹，又是使劲又是咬牙，却始终都夹不开。白大狗在书房一边工作一边说："用门夹！媳妇儿！用门夹！"

我无语地坐到他身旁："别人的对象都是'老婆，别弄疼手，让我来'，怎么在你这里就是'用门夹'呢？你脑子也被门夹过了吧？"

他顺手拿出一小袋已经剥好的核桃仁："已经提前给你夹好了，忘记和你说啦。"

当时音箱里恰好在播放八音盒版的《Wind Forest》，我忍不住从后向前搂住了他的脖子。

## 012

某一天夜里，我们一起去逛街，回来时突然聊到了学生时代。当晚，天气正在转暖，暖风带着花香扑面而来，穿过灯火和行人。

我对他说："好奇怪，这种暖暖的温度让我想起大学时候的某一天下午，我逃了选修课，跑到干燥的草坪上晒太阳。我远远地看到有人在踢球，在训练，没有人说多余的话，一切都刚刚好。"

我这样说的时候，我们已经走到过街天桥的电梯处。

他在前面，我紧随其后。忽然他转过身，张开双臂笑意盈盈地看着我，给了我一个毫无防备的拥抱。

夏风混着他的气息溢满了整个夜晚，格外深情又格外温柔。

## 013

再后来，我决定和他在一起的时候，我给他写了一封情书，情书的标题叫作《我和你相遇的可能，是这世界的七十亿分之一》。而内容则是我未曾开口，却早就想说的话。

1991年，你1岁，我0岁。

此刻我们隔着整个时空，我要怎样才能遇到你呢？

1994年，你4岁，我3岁。

我们相隔229公里。

你在北市，由家境殷实的爷爷奶奶抚养。

而我在河市，过着捉襟见肘的生活。


1996年，你6岁，我5岁。

我们相隔1983公里。

你开始随父母去广州经商，我也开始在家乡破旧的小学读一年级。

你从小就很调皮，无论在哪儿都会成为当地的孩子王。

而我却很安静，最喜欢做的事是一个人看书。


1998年，你8岁，我7岁。

我们相隔2035公里。

随着你父母的生意越做越大，你辗转去了深圳的分店。

而我依然在那所小学，顺利地以全年级第一的成绩升入三年级。

2000年，你10岁，我9岁。

我们相隔229公里。

父母没有时间带你，于是又将你"寄"回北市。虽然在同辈中你排行老二，却没有个兄长的样子，回去之后的那个暑假，你将所有的弟弟揍了一遍。

而我还在按部就班地上学，那时候我穿着不知几手的衣服，没有安全感地活着。

2003年，你13岁，我12岁。

我们相隔2公里。

因为某个叔叔到河市办事，闲到不行的你也跟了过来。

距离最近的时候，我们相隔不过2公里。你就在附近，我平时经常去的那条路上。

可是我没遇到你。

2005年，你15岁，我14岁。

我们相隔2136公里。

我们都到了升高中的年纪。

你去了珠海，继续漫不经心地学习。而我则去了本省最有名、最严肃的封闭式高中。

2007年，你17岁，我16岁。

我们相隔2136公里。

高二马上要结束了，家里开始为你考虑升高三的事。父母希望给你找一所严格的学校，一年之后考个好大学。

而我依然在那所封闭式高中苦读，一个月只有一天的假期。

2008年，你18岁，我17岁。

我们相隔0公里。

高三开始的时候，你被父母"下放"到我所在的高中。

我们成了同班同学，但也仅仅是同学而已。那时我一心学习，你对于我并不特别。

高考结束后，吃散伙饭的那一晚，你说有话要讲，可话到嘴边，却只是普通的叮嘱。

2012年，你22岁，我21岁。

我们相隔3218公里。

高考之后发生了很多事，我和你再次远隔天涯。

不同的大学，不同的人生。

我彻底忘了你的存在。


2014年，你24岁，我23岁。

我辗转来到了天市的和平区，那时候我已做好计划，16个月以后我会远赴杭州。

而你和我相隔仅仅5公里，可是我们彼此并不知情。


2015年，你25岁，我24岁。

一个偶然的机会，你看到了我，并认出了我，而在我的记忆里早已抹光了你的痕迹。

此时，距离我的赴杭计划只剩下7个月。

你没急着和我打招呼，而是私下细致地打听我过去和现在的状况。

某一天我正在工作，突然接到一个电话，是你打来的。

你没有说你是谁，我也早已忘了当年的一切，可是那个声音却又再一次将我击中。


2016年，你26岁，我25岁。

我们相隔0公里。

我没有改变计划，还是去了杭州，和你一起。

期间发生了很多很多事，我们经过一年的相处，最终我决定和你在一起。

我们约定，如果三年之后彼此还未变心，那就共赴婚姻。

今年，此刻我写下这些文字的时候，我们已经正式在一起生活。

我看到你的身影常常会有一种错觉，原本这些幸福像星空一样遥不可及。

张爱玲说："于千万人之中遇见你所遇见的人，于千万年之中，时间无涯的荒野里，没有早一步，也没有晚一步，刚巧赶上了，那也没有别的话可说，唯有轻轻地问一句：'噢，你也在这里吗？'"

是啊，七十亿分之一的概率，刚好遇见你。

许久之前，那些没有说出口的话，终于可以用余生细细地讲给彼此听了。

当然我也知道，未来除了漫野的鲜花，也一定会有无尽的荆棘，可是这一次我不会再度错过你。

≡

## 7.无比尴尬的青春期

### 001

我初识白大狗是在高三，当年他是个钢筋水泥打造的宇宙直男，脑子不会转弯的那种。

按照一般的逻辑，在青春洋溢的时期，我和后桌的他应该也可以擦出电闪雷鸣的火花，各种暧昧，各种互动，最后以"友情之上，恋人未满"告终。

然而在钢铁直男白大狗这里，所有的小火苗都被他硬生生地扑灭了。

比如放寒假回校之后，我和他吐槽："哎呀，你看我是不是过年在家又吃胖了。"白大狗听完，仔仔细细从上到下打量我一番，然后得出一个认真的结论："你至少胖了25%，和过年之前相比。"

我其实是想被人虚情假意地吹捧一下，你真的有必要这么耿直吗？

正这样想着，十八岁的白大狗好像知道自己错了，赶紧弥补："不过别担心，真的，你现在只是有一丁点儿胖。"

比起刚才，这句话已经很好听了。

紧接着，他说："只是以后会胖得更严重。"

"滚……"


002

有一次月考，我考得很差，心情特别低落。

他超级担忧地看着我，大眼睛忽闪忽闪地不知在想什么，之后他凑过来，一本正经地说："你知道今年的中超联赛国安俱乐部拿到了怎样的名次吗？"

我："啊？"

他看着我的表情："怎么？你不是国安的粉丝？"

我："我不知道你在说什么。"

他："我是说足球比赛，算了，我就是想转移一下你的注意力。"

我："谢谢！"

和我这种体育白痴聊足球，这是什么脑回路？我完全不感兴趣好吗……

后来我过生日，他扬言要送我一份神秘大礼，当他把礼物交到我手里的时候，他是这样和我说的："这一次我要送给你价值连城的大宝贝，相信你一定会疯狂地爱上它！"

结果我拆开一看，好吧，是国安俱乐部的周边纪念品。

## 003

我当年在他面前永远不会存在"打情骂俏"一说。别人前后桌吵架，那是两小无猜，你侬我侬；我和他吵架，那是世界大战，鸡犬不宁，每次至少得三个人过来才能拉得住。

虽说我从来不吃亏，但是明显感觉体力不支，一旦长时间单挑，赢的可能性就会变得很小。我和他吵架之后，我往往会使用心理战术刺激他——当着他的面，在他的名字上画圈圈，寓意是"画个圈圈诅咒你"。

他也不甘示弱，对着我的方向双手合十不断念叨。我问他在干吗，他答，念咒。

有一天傍晚，我们在食堂吃饭，我想扮演一下"傻白甜"，于是和他说："啊，我力气不够用，可爱的同学，你能不能帮我打开这盒儿罐头。"

他回："你就是缺少锻炼，每次连晨跑都偷懒，你今天还是先别吃了，惩罚一下你。"说完，他神奇地从书包里掏出一对哑铃："这个东西借你练两天，小心别给我碰坏了。"

话音还没消失，他倒是一溜烟跑了，留下我一个人对着哑铃，风中凌乱。

## 004

他在理科方面特别有天赋，而这正是我的短板。

有一次，我物理成绩考得很差，向他虚心求教，结果他正趁着课间休息偷偷打游戏。

我知道这个时候不该打扰他，但还是故意骚扰了他一下："你说，游戏重要还是同学重要？"

他："同学重要。"

我："那你还玩。"

他："我玩的游戏就叫《同学》。"

我："哦。"

## 005

有一次课间休息，我感觉有点儿头晕，于是问他："你看我是不是脸色苍白？"

他回："你最近又黑了一层，哪里来的白？"

我承认皮肤在暑假期间被太阳晒了，但是也没到这种地步吧。

我追问他："那我现在脸色怎样？"

他认真地端详了一下我的脸，然后说："黄色的呗。"

我只好认真地和他说了自己的症状，他听完执意要帮我请假，然后护送我去医院。进医院电梯的时候，我们正好遇到一位急诊病人被几个医护人员用担架抬着，情况很紧急。

他看着那个场景出神，我问他怎么了，他特别深情地和我说："我答应你，等有一天你躺到担架上，我也一定会抬着你。"

啊？很感动，但是总觉得有点儿怪怪的。

等等，为什么不是你躺在担架上？

## 006

某一天，他吃完饭回教室，顺便买了一包薯片。我随意瞅了他一眼，他立刻热情洋溢地说："来来来，尝尝新出的海鲜味薯片。"

我正怀疑他什么时候这么知书达理了，就看到他从包里捏出一粒米粒大小的残渣，然后说："伸手。"

我无奈地伸出手准备迎接他的好意，结果他看了看我的手，冒出一句："咦？为什么你的手也被晒黑了？"

双重打击怎么能忍？

我的暴脾气立刻蹿上来了："听过一句话吗？黑是暂时的，丑是永久的，情商智商双低，说的就是你！"

他："啊？我就说了句实话呀！那我把这包薯片送给你，赔个不是。"

我安静地思考了一会儿，然后翻了个白眼："看在你态度这么好的分儿上，我还是选择原谅你吧。"

他："但是吃多了薯片会更肥更胖。"

## 007

高考后的那个暑假，我第一次接触化妆，最开始抱着新奇的态度，各种水乳粉液都想尝试一遍。

某一天，他说要请我和同学吃饭，我心想今天就化个惊艳绝伦的隐妆吧，我的小心机是，一定要让其他人觉得我变好看了，但又说不出原因。

抱着这个目的，我足足装扮了一个多小时，结果他见到我的第一句话却是："你今天是不是不舒服？"

我："？"

他："你脸色惨白惨白的。"

好吧，那一瞬间我想跑去洗手间洗干净整张脸，但考虑到卸妆不干净只会更奇怪，最后还是决定保持原状。

整个饭局我全凭一口仙气吊着，然后不断地在心里自我暗示"这个妆容很惊艳""我化完妆皮肤好棒"之类的。

饭局结束，不知怎么聊到了换手机的问题，我对他说："谢谢你对我们的款待，无以为报，我决定卖肾给你换一个苹果手机。"

这小子竟然当真了，特别认真地说："不要！千万不要用身体健康换取虚荣！"

OK，我封你为鸡汤课代表。

聚餐结束，他给每个人发了一张祝福卡，然后神秘兮兮地对我们说："一定要回家才能打开，现在打开我怕你们会哭。"

回家后我想起这件事，赶紧沐浴焚香，用干净的指尖拈开贺卡，只见上面赫然写着：

我们曾经团结一致、共同奋斗，在此，祝你开拓进取、前程似锦、再创辉煌！将个人命运和祖国未来紧紧结合到一起，早日实现富裕生活。

呃……

## 008

没过多久，我们高中同学又组织了一次聚餐，那一次我们去吃自助烧烤。我自告奋勇地做了烧烤版的可乐鸡翅，分给大家吃。

分给他的时候，我满脸期待地问："怎么样？还可以吧？"

对我而言，可乐鸡翅绝对称得上我的拿手好菜，不说太夸张吧，征服大家味蕾的自信还是有的。

结果他尝了尝，耐心地咬了一大口，边吃边说："嘿！惊喜！就是比我妈做得差远了。"

我："你比鸡翅还不会说人话。"

他："你是说我咬字不清吗？"

我："算了，简直被你气到头痛。"

他："正好我带药了。"说完，他贴心地翻了翻包里的小药箱——因为他经常户外运动，所以基本的止痛消炎药物，样样俱全。

好了，交流到此为止。

## 009

依然是那一次饭后，他找我单独聊天，周围一片起哄声。大家纷纷猜测，这小子是要表白吧？

我抹了抹两手来自可乐鸡翅的油腻，一脸羞涩地思考接下来是拒绝还是怎样。

结果，他把我叫到一边，开始大聊"城市发展之我见"，根据他的分析，未来北上广房价会只升不降，所以如果想在一线城市立足，越早买房越好。

你神神秘秘地把我拉到一边，就是告诉我怎样买房？

我完全没听懂他在讲什么，只好像小鸡啄米一样不断点头。最后他说："看你听得这么认真，加上你生日刚过，我还是送你一个小礼物吧。"

"国安俱乐部的周边吗？"

"当然不是，你以为我还那么笨呀。这个礼物不算贵重，但是寓意特别好。"

我看了看那个小巧又精美的礼盒，心里连忙摇头——不会是戒指吧，那我可受不起。于是，我趁他不注意就在角落里拆开看了。

的确像他说的，不贵重，但是寓意好，礼物是一个苹果。

后来，我们组织一起玩诸如真心话大冒险之类的游戏，其中一个游戏规则是，根据对方的动作猜成语。

倒霉，我又抽到和他一组。

我努力用肢体语言表达"胸有成竹"这个成语，结果他猜了半天，吐出来的答案是虎背熊腰。

告辞！

## 010

那是我过得最漫长最开心的暑假。有一次，我在QQ上和他说，自己买了一件特别好看的白色T恤衫。

他秒回："是吗，快拍照发给我看看。"

我："你不是不喜欢白色T恤衫吗？觉得白色太素。"

他："哎呀，你买的什么样的我都喜欢。"

等等，确定没有被盗号？正这么想的时候，他紧接着来了一句："我是和电视剧学的。"

我："有进步，以后可以和你对象用这种画风聊天，知道了吗？"

他："谢谢夸奖。"

## 011

暑假刚过完一个月，我在他的热切邀请下去他的城市慰问他——当时我特别有心地带了自己亲手制作的巧克力甜点。

我送给他的时候，他打开一看，诧异地问："你是要喂我吃屎吗？"

我已经被他折磨得身心无比强大了，所以翻了个白眼一笑了之。后来我和他闲聊各种八卦，他突然说："我觉得自己很懦弱。"

我做出一个问号脸的表情，虽然我不知道他为什么莫名其妙地要说这句话，但是他这种惹是招非的性格算是懦弱？

我忍住没吐槽，他继续说："我有个特别喜欢的人，但是不敢追。"

我问："谁呀？"

他回："我知道那个人不喜欢我。"

012

返程的路上不幸淋雨，我有点儿发烧，正好他闲着无聊给我发消息，我就顺口说了一下这件事。

他问："烧得严重吗？"

看到这句话，我心想，嗯，小朋友果然长大了，会关心人了。于是我强打精神淡然回复："还可以，39度。"

他回："哇！你打破了高中三年的发烧纪录！"

看得我急火攻心，差点儿卧床不起。

我残存着最后一丝力气弱弱地说："现在我突然好怀念你家附近卖的酸奶，草莓味儿的，又稠又冰的那种……"

他硬生生怼了一句："你除了吃什么都不懂。"

过了十几分钟，他又向我发视频邀请，我点开后，看到他自鸣得意地拿着刚买来的草莓酸奶，边吃边说："给你看看，暂时缓解一下想吃的冲动。"

"谢谢。"说完，我决定昏睡过去。

## 013

作为打不死的小强，我没几天就康复了，但是因为忘记出门带伞，隔了没多久我又被淋湿了。

当时他要和我组队玩游戏，我游戏天赋很差，那时候我很奇怪他为什么愿意拉我一起玩。

我并不是没有想过他喜欢我的可能，只是那时候我被自己的秘密绑架，我坚信他和我是两条平行线。

游戏加载的时候，我和他说："刚才出门被雨淋了个透心凉。"

他回："对，我看到天气预报了。"

OK，我是不可能指望他对我关切地问候的，只好努力接上他的话题："你无缘无故看我所在城市的天气预报干吗？"

他："看着玩儿，对了，你不会又淋到发烧吧？"

虽然他慢了好几拍，但是能听他这样问，我已经无比知足了。于是我回："应该不会吧，毕竟有了上次的抗体。"

他说了一句能气死人的话："好吧，我还在想，这一次会不会再破纪录呢。"

当时，我想顺着网线爬过去打人。

## 014

很久以后我才知道，这个笨拙的男孩并不是真的情商很低，他一直在给我一种特别的爱，并用傻傻的方式吸引我注意。

想起高三时的那场大雨，不过是自习室到宿舍楼的距离，同一个屋檐下，他满不在乎地脱下自己的外衣，然后说："如果不介意的话，穿上这个吧，别感冒了。"

我没有穿，但是之后每次去他的书桌拿资料，还是会有一种莫可名状的感觉。

有一天，我刚拿完资料，转身离开时却蹭掉了他的圆珠笔。我急忙帮他捡起，抬头，看到他眼神充满关爱，但我们没有更多的交流。

我们始终包裹在"普通同学"的壳里，谁也没有深想，也没有戳穿。

## 015

幸运的是，从十七岁到二十七岁，最好的十年里，他没有缺席太久。尽管一路跌跌撞撞，最终我们却还是走到了一起。

某一天清早起床，我突然回忆起过去——记忆里的青春，无非是充满蝉鸣的盛夏，玻璃窗外树荫里透过的光，天空如洗，云朵如歌，偶尔风来，草木会摇曳出淡淡的香。

就在那样的一天，我和同桌讨论词人林夕，同桌说林夕是"梦的拆解"，同时又有"林间夕阳"的意境。

我脑海里忽然闪过某张脸。

我对同桌说："按照这样想，'您'这个字也可以拆分。"

同桌说："拆成'你的心'？"

我回："不是，是'心上有你'。"

≡

## 8.从暧昧到爱情

001

这些故事，都是我们正式在一起之前的事。

有一次我和白大狗去上海，一起到水上乐园玩耍。

当时我们正处在暧昧期。在造浪池，我趴在游泳圈上观望着远远近近的肉体。白大狗一个猛子扎过来，水花溅得我满头都是。

"你这是看谁呢？这么入神。"白大狗顺着我的视线朝远处看。

"反正不是你。"

"那天借你的伞，我不小心弄丢了。"

"没事，不用自责，直接赔钱就好了。"

"不赔钱可以吗？"

"？"

"我想拿个宝贝换你的伞。"

"什么宝贝？"

"我。"

002

我没有回应他对我的示好，这是因为我有一个令我自卑的秘密。尽管我们已经将彼此定义为情侣，却依然在很长一段时间内保持着精神恋爱。

我希望找到更合适的机会，我对他坦白之后再由他决定是否真正开始。

某一天下暴雨，白大狗来帮我打点装修的事项。深夜，暴雨依然没有要停的迹象，反而越来越大。

白大狗耸了耸肩："这种天气，好像没办法开车回去了。"

我早有预料他会这样讲，于是拿出几个泡沫垫子："客厅那里有空位，如果嫌地板太硬，可以多铺几层。"

当晚睡觉，我忘了白大狗还在地板上，半夜口干舌燥想去接杯水喝，结果一下子踩到了白大狗的肚皮。

"啊！什么东西？活的死的？"我一边大喊，一边寻找武器。

白大狗揉了揉眼，淡定地坐起来："活的，不过被你那一脚差点儿踩死。你是只有七秒记忆的金鱼吗？睡一觉就忘了我在这儿？"

"我还以为进来了一个人模狗样的小偷。"

"对呀，我就是，不过我不偷钱。"

"那你偷什么？"

"偷你，可以吗？"

"不可以。"我喝完水，和他互怼了两句之后，倒头睡去。

## 003

借宿事件后，我们大概有一周没见面。

某一天晚上我回家，看到白大狗蹲在门前假装喝醉的样子。于是我将计就计，盘腿坐到他身旁。

"喂！喝醉了？"我戳了他肚皮一下。

"嗯。"看得出，他被我戳得很痒，但是为了装醉也只能强忍住笑意。

"那我问你，我是谁？"

"你是猪头。"

"你应该叫我什么？"

"叫你猪头。"

"你喜欢谁？"

"喜欢猪头。"

一个令人嘴角上翘的答案。

"不和你说话了，幼稚！"我假装起身准备开门。

"嘿。"他抬起头认真地看着我。

"嗯？"

"我想你了。"

## 004

进屋之后，他直接把自己陷进沙发里，面有痛色。我有些担心，探了探他额头的温度："生病了？"

白大狗点点头，没说话。

"要不要去医院？"

白大狗又摇摇头，还是一言不发。

"哑巴了？哪里不舒服？"

白大狗捉住我的手，放到他胸口："这里。这么多天都见不到你，心里能舒服吗？"

"智障，吓我一跳。"想不到这次被他捉弄，竟觉得不怒反喜。

我轻松回问："这么说，是相思病喽？那怎么不去买药？"

白大狗利落地站起身，俯身道："除了你，没人能把它根治。"

我翻了个大白眼，虽然嘴上对这位"大写的小朋友"充满鄙视，但心里竟然产生了一丝"幼稚帅"的喜欢。

## 005

白大狗在我面前一向很粗心。

我印象最深的是某一日晚餐过后，他刚从我的住处离开，结果丢三落四的毛病犯了，只走出去一分钟，就返回来狂敲门。

我问他怎么回事，他说忘了拿手机了。

拿走手机十秒钟后，他又开始在门外喊话。

开门，见我满脸问号，他自言自语："车钥匙没拿。"

等他拿走车钥匙，我刚要关门，却又被他一把拉开。

我忍不住笑了，问道："这次又落下什么了？"

他不由分说地抱了我一下："没什么，就是把心落在你这儿了，怎么也带不走。"

嘴巴抹蜜的情话大王。

他并不是天生擅长说情话的性格，但是被我记住的那些闪光的时刻，真的很像一首首抒情诗。

## 006

白大狗家境殷实，他本科毕业后去了美国读硕士，所以严格来说，我和他中途失联了很久。

他很聪明，也有胆识，认定的目标就一定要达到。这是他的优点，也是我担心的隐患：我会担心他只是把我作为一个征服对象。

有一天我问白大狗的朋友："姓白的是不是每次喝完酒就会搂着人不撒手，没表情，也不说话，脸通红通红的，像一条黏人的大狗一样。"

朋友大吃一惊："他都被你驯化成这个德行了？以前他喝完酒不是搂人，是打人！"

驯……驯化？

朋友："哈哈，我们哥儿几个私下里都叫你驯兽师！别忘了，他爸这种人物都没让他老实下来！"

这句话除了诚恳的佩服之外，也提醒了我——他从来都不是温顺的性格，我很怕现在的温柔只是他把锋芒藏好之后的外衣。

## 007

我给白大狗配了一把钥匙，方便他自由出入我的房门。可是之后整整一天，我都没见到他的身影。

中午，我脑海里几次三番冒出想给他打电话的冲动，但又被我压制下去。

晚上开始下雨，风声和闪电交加。我出门买了些零食，准备看个电影，但却有一种怅然若失的感觉。

我知道他今天不会来了，于是带着一大包零食回到住处，一边打开门锁一边接受这个事实。

门轴转动，屋内灯光大亮。

白大狗坐在正中的椅子上，头发上都是雨珠，手里还转着一串钥匙。

"一天没见，想我了吗？"白大狗站起身，压迫性的气场。

"嗯。"我轻轻抱住他："想你！"

## 008

半个月后，我网购了一堆家具回来，白大狗主动请缨过来帮忙。经过一番改造和布局，我们两人全都累到吐舌。

当晚，他依然像之前一样淡定，夜间十一点的时候自己去铺地板。

"请问，我可以在卧室的地板上睡吗？"他抱着泡沫垫子的样子像一只笨拙的大熊。

十分钟后，我坐在床上看书，和他相隔很远，两两相望。

"我知道，你肯定舍不得赶我走。"白大狗侧躺在地板上，笑的时候牙齿很白。

"我只是怕你半夜出门吵到邻居。你怎么还不睡？"

"我在想你呢。我在想，要是有一天你彻底接受我了，我每天晚上都能像现在这样看着你，该有多好。"

"傻瓜！"

"是吗？我也觉得我很……"白大狗皱了皱眉，话说到一半却被我打断。

"你很好，可是我有秘密。"不知道为什么我突然会掉下眼泪，但我还是哭着说出了后半句："这个秘密是很多人不能接受的。因为过去的事，我身上留有疤痕，不是一点儿，是很多……"

"我早就知道。"他急切而认真地告诉我："而且我也早就接受了。这不是大问题，真的不是。"

我关上kindle，没再说话。

可能是我，是我还没接受自己，我还需要一点儿时间。

009

某一晚，白大狗给我打电话，让我收拾一下马上下楼。

我问他："这么晚了还要出去么？"

他不置可否，把我拉到离家不到一公里的KTV，跟我说："一个朋友过生日，你过去凑个热闹。"

每次在这种场合，我都是最安静的人，但是为了他，我愿意改变。所以轮到我唱歌的时候，我也没推辞。我突然想到那首《稳稳的幸福》，努力唱了一下。

回家的路上通过一个十字路口，绿灯照在他脸上，散发出可爱的光。

突然，我不知哪里生出的勇气，在众目睽睽之下从侧面抱住了他的腰。

我喜欢这样的你，不是天使也不是男神，只是一个真实的、不完美的、有血有肉的人，想到你的时候，就能触手可及。

"已经很晚了，你会怕吗？"

"不会，只要有你，天再黑也不会怕。"

## 010

公司有新业务，他要去国外出差。出差之前，他难免会有一番加班和准备，连续三天，他都睡在公司附近的酒店里。

第四天午饭过后，白大狗按照我交代好的，提了两大袋食材过来。

"下午，我要和人谈点儿事情，先在你这儿睡会儿。"白大狗一边说一边驾轻就熟地去沙发上躺着。

高度强迫症的我，自然要将各种食物按照颜色、味道、保质期等属性分门别类塞到冰箱。忙完这一切的时候，白大狗已经酣然入睡。

这是我第一次在白天看他睡觉，食材的钱已经转给他了，我坐在白大狗一侧，看着他熟睡的侧脸发呆，然后小声自言自语。也只有在这种时候，我可以没有顾虑地表达自己的想念："这几天你没在，昨晚我梦见你了。"

"笨蛋，我听到了，我只是在闭目养神。"白大狗坐起身，揉了揉睡眠不足的眼睛："昨晚我也梦到你了。"

他去国外的前一晚，我们聊了很久，后来我把它写到日记里：

还记得彻夜长谈的那一次么？那是我第一次和你说起我的身世。

那天晚上一直下雨，我和你说，小时候我很怕雨天，每次下雨，卧室的屋顶都会漏雨。然后，我会用一个脸盆接住漏雨的地方，连梦里都能听见滴答声。

很多人以为我从小就过得很好，可我知道自己是怎样一步一步从悲哀的世界里走出来的。

前一段时间压力很大，老爹给我打电话说：晚上不要熬夜太晚。不知道为什么，我心里的情绪突然爆发，哭着对我爸说：我没有后路，也没有资本，在这个社会上，我除了努力一无所有。我总会想起，直到我上高中，家里才买了第一台小小的彩电，当时我很高兴很高兴，因为我再也不用每次都通过报纸感知外面的一切了。

你们都会说，我其实挺好的，可我知道，我并没有一张倾国倾城的脸，随随便便不用做出什么就能得到好多人的喜欢。我只能努力前行，因为我想变成更好的人，而不想回到过去，在随便哪个地方做着毫无意义的事。

我喜欢玉置浩二的《冰点》，那是我某一次熬夜到凌晨五点突然出现在耳机里的歌，我想再一次把它送给你。我知道你也向往更大的世界，所以我愿意拉住你的手，一起奔跑向远方。

## 011

淋雨之后我有点儿发烧。某一天一觉睡醒后，我发现床头灯开着，他还没睡。

"怎么还不睡？"我从被角边缘看向他所在的地板。

"失眠，不可以吗？"

"鬼才信呢。快睡吧，我真的已经不烧了。"

"是吗？"他侧过身，一条手臂搭过来："这两天我很担心你。"

"有什么好担心的，反正死不了，如果死了，你就再……"

"我就再也不会对谁这么好了，我就再也不想结婚了，我就再也不完整了。"

"对不起，刚才我乱讲话。"

"可我是认真的，每一句都是。"

"嗯。不知道该说什么，就是想说声谢谢！"

"后面呢？"

"后面什么？"

"称呼。"

"男朋友。"

"不对，是老公。"

嗯，亲爱的大狗，我们正式交往吧。

## 9.甜蜜初体验

### 001

和他在一起后不久，有一天我跑去他公司找他。

"说好晚上去你那儿吃饭，怎么自己跑过来了？"傍晚六点，白大狗站在公司楼下朝我挑了挑眉毛。

"我正好路过你这儿，所以顺便过来视察一下，看看白大狗先生是真的在工作，还是躲到某个角落花天酒地。当然，不管怎样我都不是很在意。"

"查岗是吗？"

"懒得理你好吗，是你查岗吧，你全家都查岗。"话一出口，觉得自己有些冲撞了，刚想收回，却看到他明快的笑容。

"我全家，对，我全家不正好包括你吗？"白大狗笑着，大力将我拉入怀中："我知道你心里在说什么，我也想你了。"

"嘿，你别乱讲，我才没想你呢……"

"哦？是吗？那我倒想听听你的'心声'。"他说完，趁着四周没人把我举到半空，作势要听我心跳。

"笨蛋！"

网上都在说"亲亲抱抱举高高"，但是这种事真的可以在外面做？除了白大狗以外。

## 002

周末正午，我突然觉得有些困意，决定躺在床上休息一会儿。

刚要睡着的时候，我感觉脸上被什么东西软软地啄了一下。

睁开眼，我看到正要逃离现场的白大狗。我以光速出手，一把抓住白大狗的胳膊。

"怎么，这次被我逮个正着，还有话要讲吗？"

"那……反正老子就这样，要杀要剐随你，只要你舍得。"果然，白大狗自知理亏的时候就只剩赖皮这一招了。

"我不杀你，也不刷你。"

"嘿嘿，我就知道，还是媳妇疼我。"白大狗顺势握住我的手。

"但是……"我掸了掸衣服站起身。

"但是什么？"

"刚才你亲了我一口，现在我要亲回来。"

## 003

确定恋爱关系之初，他说的肉麻话能写成一本书。

有一天晚上我加班工作，因为太困的缘故，我不知不觉开始半睡半醒地在桌上"小鸡啄米"。

白大狗摇醒我："快睡觉，不许再工作了。"

我回："可我还没洗脚，不怕臭晕你吗？"

白大狗："臭也喜欢，喜欢我的臭老婆。"

虽然是很简单的一句话，却被瞬间甜倒。

我："突然想说谢谢你！"

白大狗："为什么？"

我："不告诉你。"

有时候我会想，对于寄生细菌而言，人类是什么？地球又是什么？对于人类来说，地球是什么？宇宙又是什么？

我们一起渺小又迷茫地生活在这个世界。

谢谢你对我好，谢谢你陪着我。

## 004

晚上回家，白大狗从怀里掏出一个翡翠吊坠晃了晃，放到我面前。

"好看，在哪儿买的？"我放入手心，细细打量。

"就在附近那个地摊。"白大狗挠了挠头："喜欢吗？"

"嗯，多少钱买的？"

"两百块钱，喜欢就送你了。"

"哦。"

白大狗好像看出我的表情有些异常，问我："怎么了？"

"以后不要买这个了，总觉得性价比有点儿低。"

"其实我知道这是假的，这明显不是翡翠，更像是有机玻璃。"他淡定地说。

"那你还买？"

"因为卖东西的老头儿拦住我说，这叫平安扣，能保人平平安安。我喜欢这句话。"白大狗顿了一下："我想给你求个平安。"

"傻瓜，你不是从不相信这一套吗？"

他看了看我，不置可否："所有的相信都是愿意相信。想来想去，我还是觉得就算没有什么大富大贵，只要能和你平平安安在一起就好。"

"嗯。"

只要能和你平平安安在一起。

后来我认识了一个爱好文玩的朋友，他告诉我，别小看那些不盈一握的石头，成色好的需要几百甚至上千块钱才能买到。到手之后还要定期保养，才能温润它的光泽。

我原以为石头是最平凡最普通的东西，却没有想到在珍惜它的人眼里，它也这么娇贵和脆弱。

或许世间万物，本来就没有绝对坚不可摧的事物，用心用情，才能长久。

## 005

有一次，我和白大狗聊起高中时候的故事。

白大狗说："高中的时候我太笨了，连表白都不会，看我现在，十项全能，会编程，懂技术，还做得一手好饭。"

我："一手好饭？你是说炸厨房的那一次吗？"

白大狗："我还没说完呢，哥除了在你面前比较放松，其他时间也是精英好吗？"

我："瞧把你能的，既然这么厉害，那你会生孩子吗？"

他愣了一下，回我："不确定，要不，咱俩试试？"

"污妖王！"

我不想展开这个话题，于是随手指着手机里的两位女星和他说："M和K又同框了。每次她们两个同台都避免不了一场厮杀。M在通告里讽刺K已人老珠黄，K在通告里讽刺M五大三粗……"

白大狗狂笑。

我追问："你觉得M和K，你更喜欢哪个类型？"

他："我更喜欢你这个类型。"

这个答案跑题啦！但是令人满意。

## 006

陪白大狗去看3D版的《星际迷航》，明明不是恐怖题材，但是电影开始没多久，我就已经被音乐和特效化妆吓到欲哭无泪。转头，我看见白大狗微微张开怀抱挑着眉傻笑，一副"瞧你那傻样"的表情。

不要以为我真的这么弱好吗？正这样想着，电影里突然一个坠崖的镜头吓得我立刻以光速躲到白大狗怀里。

"嗯，这才乖！"

"我们坐得这么靠前，秀恩爱不太好吧。"我小声问白大狗。

"当然不好。"

"那……"

"那就让他们同时看两部电影好了，一部花钱的科幻片，一部免费的爱情片。"

## 007

健身对于白大狗来说那是信仰般的存在。

有一天晚上他忽然说，白天没有抽出时间健身，现在浑身难受。说完，他就把我当成杠铃举了十几下。我根本没来得及反应，就被他横着抓到半空，吓得我一直大叫，大叫的同时还努力控制声线，不想吵到隔壁邻居。

我特别崩溃地把这件事记到"必跪搓衣板"备忘录上。

后来有一天，我和白大狗一起去看话剧，回家的路上经过一片阴影，白大狗问："走累了吧，我背你。"

我微微一笑，自认为身轻如燕地跳到白大狗后背上，然后就听到白大狗"哼"了一声，他忍着痛苦说："媳妇儿，你是不是该称称体重了。"

我回："我是在帮你做健身运动。"

## 008

我的工作内容是项目制的，项目临近结尾，压力就会呈指数增加，一般这种情况下，我会特别沉默，和白大狗的对话也变成如下画风：

白大狗：媳妇儿，我和你说件事，笑死我了。

我：好的。

白大狗：吧啦吧啦吧啦（大约五百字）。

我：好的。

白大狗：今天累死了，我一整天都做了……

我：好的。

白大狗：累不累？累的话亲我左脸，不累就亲我右脸。

我：好的。

某一天，我一边贴墙贴一边头也不回地问身后的白大狗："最近我是不是太沉闷了，压力大到不想说话。"

许久没有等到他的回答。转身，却正好被他逼到墙脚。

我："幼稚死啦！"不过近距离看着他，还是有点儿心跳加速。

白大狗："你最近总说'好的'，不过既然我都没乱想，那你也别乱想好吗？"

我："好的。"


009

吃完晚饭，我和他窝在沙发上看电影，电影里有一只狗狗特别可爱。

我默默地对白大狗说："好想养一只宠物，可是又怕没时间照顾它。"

白大狗回道:"这个简单。说吧,你想养猫还是想养狗?"

我:"我想养鸟。"

白大狗伸展双臂做成翅膀状:"嗷,我是一只小小鸟,我会飞。"

我:"你会飞我也不养你。"

白大狗说:"没关系,我养你。"

就是这个人,工作和生活中的反差大到如同精神分裂,精英人设在我面前早已崩塌,但是我却更喜欢他了。

## 010

某一天吃完饭,我和白大狗坐在沙发上大眼瞪小眼。我拍拍他大腿,突发奇想:"我有个小小的要求。"

白大狗:"说说看。"

我:"以后你要尊称我为太后。"

白大狗愣了两秒:"嗯,好,我想想。我觉得你的气质就像琵琶一样,我就叫你'琵太后'吧。"

我:"怎么感觉哪里不对?"

白大狗捏了捏我脸上的肉:"哪里不对了?明明就是'皮太厚'。"

我："滚！别看我最近有点儿暴饮暴食，但是我可以明确地告诉你，为了避免惨遭嫌弃的可能性，我一个月就能减掉十几斤。"

白大狗："不可能。"

我看他情商重回十八岁，瞬间生气："你就不能鼓励我一下吗？"

白大狗认真地盯着我："我是说嫌弃你，不可能。再说你现在不胖，不准减肥。"

嗯，我承认我被感动了一秒钟，于是开始主动交代："我想坦白一件事，下午你用电脑聊天的时候，我假装坐到你后面看书，实际上是想偷偷看你到底聊了些什么。"

白大狗："我知道啊。所以我专门坐到了左边，留出大半个屏幕给你看。"

我："啊……"

白大狗："其实就是发一些旅行照片给朋友，都是过去拍的。"

我："我喜欢其中那一张草原的照片，特别有层次感。你下次拍了也可以发我一份。"

白大狗："下次？不发给你。"

听他这样说，我有点儿失望："为什么？"

白大狗："因为下次我要带你一起去，你来拍。"

我："嗯，不过以后你说话可以不要大喘气吗？"

窗外暖风徐徐，樱花盛放。

如果没有你，要做什么才配得上漫长又美好的春夜呢？

## 011

我终于知道怎么对付白大狗贫嘴了，那就是给他讲量子物理。某一天我看书的时候，白大狗又开始胡搅蛮缠，于是我放下书给他讲了十五分钟的波函数，然后他就彻底哑火了。

看到他偃旗息鼓的表情，我故意装出一脸无辜："嘿，怎么不说话了，我讲得不够好吗？"

白大狗猛翻白眼。

我："以后你有什么不懂的尽管问我。"

白大狗愣了愣，扑过来亲了一口。

我："？"

白大狗："你不是说了吗，有什么不懂的，尽管吻你。我啥都不懂。"

我："哦。"

五分钟后。

白大狗："怎么不看书了？发什么呆？"

我："我在想，你现在还有没有什么不懂的？"

012

有一天晚上，我坐在沙发上看书，白大狗又开启了话痨模式。实在忍无可忍，我一把将他摁倒在沙发上，然后给他塞了半块面包。

我："是不是只有这样才能堵住你的嘴。"

他咬下一大口："还挺好吃的！"

我扶了扶眼镜，一本正经地说："整个书架上这么多书，为什么你视而不见呢？这本书，研究的是心理学，带着强烈的自我批判；这本书，讲的是理论物理，帮你认识世界的本质；这本书，描述了多重宇宙，是爱因斯坦理论的拓展。如果你需要的话，我都可以讲给你，你要知道以前我给人讲课有多贵。说吧，你对哪本书感兴趣。"

白大狗："我对哪本书都不感兴趣。"

我无奈地摇头："不学无术，无可救药。"

白大狗："我只对你感兴趣。"

我："对我感兴趣是没用的，只有知识才能带给你财富，你懂吗？"

白大狗："所以，你学会的东西就成咱们家的共同财产了，是不是这个意思？"

我："这是婚前财产！"

## 013

经过白大狗日复一日的言传身教，我也慢慢喜欢上了健身。有一天刚刚健身完，我离开场馆时满身是汗。当时是冬天，寒风袭人，我竟然不觉得冷，反而有些凉爽。

我独自走在前面，白大狗双手插兜跟在我身后。

"我们没在一起的那几年，你过的是怎样的生活？"他突然不紧不慢地发问。

"早晨六点起床，吃早餐，然后工作，晚上十一点睡觉，依次循环。我会把房间打扫得干干净净，周末中午，我会趴在有阳光的地方睡上一觉。"

"那一天你和我说平行世界，我想了一晚上。"

"你都想了些什么？"我停下脚步，回头看他。

"我在想平行世界里的另一个你。如果你没有遇到我，如果你还是过着机器人一样的生活……"

我没有说话，只是继续朝前走："白大狗，你有没有觉得现在很像春天？我喜欢春天的夜晚。"

"可能是因为这两天温度上升了吧。"

"我希望以后的每一个春天你身边都能有我，就像现在，我们可以慢慢地走，慢慢地消磨春夜的时光。"

"来，抱抱。"

## 014

白大狗喝完酒以后特别喜欢唱歌。前些天，已经过了零点，他非要和我视频聊天。接通视频后，对面是嘈杂的KTV包厢。

我看不到他的脸，只能听到声音。

我听见他在唱伍佰的《再度重相逢》，忍不住想笑。这算是很古老的歌吧，我上高中的时候在食堂吃午饭，经常听到有人在广播台点这首歌。

这首歌并没有多好听，却会让我想到下雪的那个冬日。在南方难得一见的天气里，他在我前面幼稚地伸展手臂开怀大笑，我则双手插兜无言地看着他，心里却有一个简单的声音反复循环："我想和你一夕忽老。"

无边的落雪之中，我想和你一夕忽老。可能只有这样，只有忽然走到生命的尽头，才能确保这一生是和你度过的。

一曲唱完后，他拾起手机跑到包厢外面坐着。

"你爱我吗？"他带着醉意，认真地问我。

"我以前不是告诉过你答案吗？"

"那是以前，不是今天，今天你还没回答我。"他继续追问。

"答案和以前一样。如果有一天我变卦了，我会告诉你。"

"哦，今天喝得有点儿多，我现在很想睡觉。"他一边说一边把镜头旋转360°，将周围环境拍摄进来。

"你醉了。"

"是吗？"

我知道他肯定喝醉了，于是"趁火打劫"，因为根据经验，第二天他肯定想不起这些事。

我问他："你要实话告诉我，我是你第几个……你懂的。"

他愣了几秒钟。

我："数不过来了是吗？快说，是第几个？"

他："最后一个。"

啊？愚蠢的问题和聪明的答案，搞不懂自己想出这个问题的脑回路。

"爱你。"

"什么？"白大狗对着镜头吹了口气。

"你刚才问我的那个问题，答案是'我爱你'。"

"哈哈。你真好，我家老婆真好。"

"肉麻。"

"真的。这辈子就你啦，这辈子就你啦。"他醉醺醺地不断嘟囔。

"笨蛋。"

我们是如此不同，肯定前世就已经深爱过，讲好了这一辈子再度重相逢。

≡

# 10.花不会不凋零，我不会不爱你

### 001

雨后，白大狗兴冲冲地拉我去爬山，爬到一半的时候，我看见一条黑黑白花色的狗。

白大狗一把拉住我，惊喜地说："我发现一个秘密。"

我："？"

白大狗："你看那条狗，它跟你穿的衣服是情侣装。"

我："……"

白大狗："不过仔细想想，我还有点儿吃醋呢。"

无话可说，我只好翻白眼。

002

有一天我和白大狗去超市购物，当走到偏僻处的时候，他突然一把将我抱起。

"又发什么神经？"被举在半空的我红着脸看他。

"我要买了你。"他一边说，一边将我放入购物车。

"呃……"

"别喊，再喊我就叫导购过来，帮忙打包你。"

"懒得理你。"

003

某一天晚上我和他出去吃饭，本来想就近解决，不必开车，结果我们越走越远，最后他拉着我随意搭上一辆公交车去了另一个区。然后，我们开始逛着吃，像火车一样，用肚皮装了好多好吃的。

返程的时候我问他："不知道末班车是几点开，会不会赶不上了？"

白大狗拍拍胸脯："末班车在这儿，如果没车了，我背你回去。"

他认真笃定的样子让我收获了满满的安全感。

五分钟后，我们坐在出租车上，身处车厢后排狭小的空间，我们紧紧地挨在一起。

他突然俯下身闻了闻我的领口。

我："干吗？"

他小声说："记住你的味道了，我在标记你。"

我："标记之后呢？"

他："标记之后你就跑不了了，到哪儿我都能找到你。"

幼稚的大男孩……

之前我问他："会不会有一天你不爱我了？"

他没有回答，愣了一会儿说："你有没有见过从不凋谢的花朵？"

我："哦，我大概懂了。"我以为他的意思是，万事万物都有凋谢的一天。

他："你懂啥？我是说，有些事就像自然规律一样强大。"

我："自然规律？"

他："是的，花不会不凋零，我不会不爱你。"

## 004

晚饭过后，我和白大狗坐在外面的石凳上吃西瓜。他摆正一个西瓜，边切边说："那天看新闻，新闻上说台风要来，怎么也没见动静。"

夏夜的空气无比闷热，白大狗索性把上衣脱个精光，露出他自称完美的身材。

"耍流氓啊？人来人往的……"我一边说一边偷偷瞟了他一眼，好吧，身材确实还可以。

"怎么？路人看看我，你就吃醋了？"

"吃醋？请问你是没见过镜子吗？"

白大狗没再说话，而是认真地看着我的脸，然后反手就是一巴掌。

"你！你家暴我……"

"蚊子。"白大狗摊开手，手心里有一具沾血的蚊尸。

"你家暴蚊子！"

"对，因为它亲了不该亲的人。" 白大狗故意做出一个霸道总裁的姿势，伸手勾住我的下巴。

"中二病。"

"还疼吗？"

"麻木了。"

"亲亲应该就不麻了吧。"

瞬间脸红。

## 005

还有一次，我和白大狗出去买零食，结完账之后，我提着两大包吃的走在前面。

白大狗左顾右盼被落在后面，我远远地听到他在喊："媳妇儿，你等我一下。把东西给我，我拿着。"

我："不用，我又不是没力气。看到没有，我单手就可以提起来。"

白大狗："那我总该拿点儿什么吧。"

我："随便你。"

白大狗："那我就……拿着你另一只手吧！"

我："哦。"

所以，铺垫了那么多，就是为了牵个手吗？

呵呵，男人。

终于到家了，我正准备刷卡进楼，白大狗突然在夕阳浸染的花园铿锵有力地说："哈哈，从我这个角度看，媳妇儿，你胸真平！"

我："胡说八道！我根本就没胸！"

## 006

有一段时间，我没来得及理发，中午睡了一觉，头顶上被压出一撮儿翘着的呆毛。恰好当天下午我和白大狗要出门办事，白大狗很奇怪，一直紧跟在我屁股后面。

我："你离我这么近干吗？"

白大狗："因为你头顶有一根天线，离你近了Wi-Fi信号好。"

我："滚！"

白大狗："你今天穿得这么少，冷不冷？"

我："不冷。"

白大狗："我有点儿冷，你搂着我吧。"

搂住。

## 007

晚饭吃得很撑，吃完之后我一个人坐在沙发上捏肚皮。

白大狗坐在我旁边，然后把耳朵贴到我肚子上说："也不知道怀的是男孩还是女孩……起什么名字好呢……"

怀你个大头鬼啊。

我："性别并不重要，关键是像我还是像你，万一是女孩，还遗传了你的厚脸皮就惨了。"

白大狗："嘿嘿，我给你揉揉。"

我："请问你是在揉'尖叫鸡'吗？力度未免太大了吧，肚皮都快爆掉了。"

白大狗："哈哈，因为你本来就是易爆品。"

我："你是想说我可爱到爆吗？俗气。"

白大狗无奈地托腮："看看，这到底是谁脸皮更厚！"

## 008

白大狗："我梦见你在我睡着的时候跑过来亲我脸，超级幸福的一个美梦。"

我："哦。"

白大狗："你怎么脸红了？"

我扶了扶眼镜："其实吧，不是梦……"

白大狗："什么？竟然是真的？天啊，非礼啦……"

## 009

还有一次，我很开心地吃蛋糕，抬头发现白大狗在看我，于是我朝他笑了一下。放心，不倾城也不倾国，我对自己的脸还是有自知之明的，但是好像倾倒了白大狗。

白大狗："我觉得你肯定血糖高。"

我："为什么？"

白大狗："如果血糖不高，怎么会笑得这么甜呢？"

我："你到底哪儿来的这么多烂梗！"

好吧，虽说我嘴上表示嫌弃，但心里还是偷笑了一会儿的。

## 010

白大狗喜欢把毛巾随手乱挂，每次我洗完澡都很难找到毛巾。

我："白大人，我真的要和你认真谈谈这个问题了，你没事儿偷我毛巾干吗？"

白大狗以光速打开收纳盒："我知道你有洁癖，所以专门给你放到里边盖起来了。再说了，你把我心都偷走了，我偷你一条毛巾怎么了？"

我："哦。"

这厮恋爱之后到底是发生了基因突变，还是整天在嘴上抹蜜呢？

011

有一次我们路过甜品店，买了两小盒蛋糕，一盒杧果千层，一盒草莓千层。

回到家，白大狗的幼稚病又犯了，他手里拿着两盒蛋糕叫我闭上眼睛。

白大狗："我要考验一下你的味觉。我喂你吃一小勺千层，你要在三秒内说出这是哪一种口味的蛋糕。"

我："好吧。"说完，我无奈地闭上眼睛，心里却已经骂了他好几遍白痴了。

白大狗舀了一小勺杧果千层："尝尝这是什么？"

我："杧果蛋糕。"

白大狗舀了一小勺草莓千层："这个呢？"

我："草莓蛋糕。"

白大狗："那这个呢？"他突然靠过来，一个Kiss。

我："白氏蛋糕。"

## 012

我和他工作都很忙，为了避免感情疏远一拍两散，彼此特意约法三章，比如每周五晚上是电影时间，去影院看，或者在家用投影仪看。

某一次我们实在太累，电影播到一半，我就陷在沙发里沉入梦乡了。不知过了多久，我睡醒的时候电影即将结束，而我正枕在他的大腿上。

"这么好看的电影竟然被我错过了。"我揉着头发，感觉失去了一个亿的人民币。

"没事，我可以陪你重看一遍，反正我也没老实看。"

"那你刚才做什么了？"

"刚才呀，我光顾着看你了。"

"鬼才会信你的油嘴滑舌，去拾衣服了。"我揉了揉眼，起身走向阳台。

窗户半开着，夜风温柔穿过。

"南方的春天来了，竟然一点儿也不冷。"

"嗯，你喜欢的季节。"他的手臂从我身后环抱过来："毕竟哥答应过你，以后每一个春天，我都会陪在你身边。"

"真煽情。"我捉住他的手，轻轻地亲了一口。

## 013

有一次晚上吃完饭，我和白大狗一起打游戏。我们选了1V1模式，输的一方要给赢的一方喂西瓜。

虽说我没什么游戏天赋，但还是决定冒险一试。当然，十五分钟后我妥妥地输了。

"愿赌服输，张嘴！"我用竹签扎起一块西瓜放到他嘴里。

"嘿嘿。"他把嘴巴噘成一个O型。

"吃一块应该不够吧，继续张嘴！"我又扎起一块西瓜。

"好吃。来，继续伺候着，不许停。"他眯缝着眼睛傻笑。

"遵命！那么，请吃第三块。"

"嗯，真乖！"他嚼了嚼，感觉味道不对，因为这次我喂他的是一大块西瓜皮。

"哈哈，你'是不是傻'？"

"媳妇儿。"

"嗯？"

"我突然想起一件事。"他一边说一边从衣服兜里摸出一个塑料袋:"下午给你买的凤梨酥,超好吃。"

"喂,我都给你吃西瓜皮了,你不怪我吗?"

"不怪,媳妇儿最好了。"

"别以为嘴甜是万能的!"

## 014

晚上,我们路过一个广场,很多叔叔阿姨都在伴着音乐跳双人广场舞。

我对白大狗说:"这首歌会让我想到下雪天,自己正坐在东北的火炕上,温好一桌酒菜,等着狩猎的男人回家。"

白大狗哈哈一笑,牙齿是那种健康的白:"那就过去,我们一起跳。"

我被白大狗大力拉入人群后面的阴影中。没有人注意到我们,此时此刻只有这些细小的快乐,在黑暗中开出一朵花。

"你怎么这么傻,简直太丢脸了。"

"是吗?"

"不过陪你犯傻,又觉得很开心。"

"啵。"

## 015

有一天我们在外面吃完饭，白大狗顺便买了个超大的西瓜。我看着他一路把西瓜抱到厨房，然后用刀切成两半。

白大狗单手举起西瓜认真地问我："要不要吃？"

我回："刚吃饱，一起吃半个吧，留半个明天吃。"

于是他放下比较小的一半，抱着半个西瓜坐到我身边。

还没等我开口，白大狗抢先说："我喜欢吃西瓜中间的部分。"

"嗯。"我没告诉他，其实每个人都喜欢吃中间部分。

我眼睁睁看着他拿勺子转了一大圈，把瓜心挖出，放到餐盒里。

然后白大狗把餐盒推到我面前："给，吃吧。"

我："唔？"

白大狗："我想把我喜欢吃的东西留给你。"

我："我知道你是有预谋的，但是心里又很开心，这样是不是很没出息？"

白大狗："是吗？那就是爱我爱得更深了呗，那你描述一下你对我的爱有多大？"

爱是分大小的吗？不忍心吐槽他，我随口回复："差不多西瓜这么大吧。"

白大狗笑道："这么大啊，比我心脏还大，我满意了。"

我："其实遇到你之前，我根本不懂爱情是什么。因为我成长的环境，似乎也没人在意这个。我爷爷骂了我奶奶一辈子，他们之间也许是有爱的吧，可那种爱是压迫式的，不对等的。我爸和我妈同床异梦，生活中也毫不关心彼此。可即便如此，我依然对爱情充满幻想……"

白大狗一条胳膊搭到我肩膀上："现在呢？你觉得爱情是什么？"

我没回答，只是转身。

爱情就是，即使我在手机里看到火山爆发，看到海啸侵袭，看到无尽的混乱和战栗，可是关掉手机，却总能撞上你令人安心的笑容。

"我真的很爱你。"

"笨蛋。"

≡

## 11.六百二十三封日记

### 001

很多人都不知道，我曾经没有保护好自己，更没有隐藏好身体的伤痕。因此遇到白大狗之前的我，痛苦远远多于快乐。

那时候我喜欢写日记，把心中的所有情绪发泄在没人能懂的纸上世界。

当时我暗暗期盼，如果有一天，如果有幸遇到命中注定的人，那就把所有的回忆拆封，和他一起分享。

于是，在一个周末我和白大狗翻看了六百二十三封日记。

所有的日记都没有写到本子上，而是用一张张信纸承载。最终，那些无人知道的秘密，还是有了收件人的名字。

以下是打乱时间线的过去，在豆蔻芳华的时代，我身上爬满的疤痕，构建了我的整个青春。

## 002

第一封日记。

昨晚，我又做了相同的噩梦。

在梦里，我再次回到很多年前，依然是那几张让我记了二十年的面孔，她们又一次抓住我的头发，狞笑着将我推来揉去。

那时候，我每天都要思考，回家之后该怎样解释身上的红肿或瘀青。偶尔我会脱光衣服，呆望着镜中的自己，指尖抚过的地方很痛，可那种誓死不屈的快意又让我迷恋到发疯。

为什么？只要按照她们的指令，把自己说成"外星物种"就能得到一天的安宁，可每次说出口的却都是"你们这些神经病"。

和以往一样，我又一次在被她们推下楼梯的时刻惊醒。那种生于梦境和现实的失重感，让我突然想起一个久未出现的声音，那个声音温情地告诉我：你的过去只剩朦胧。

## 003

第二封日记和暗恋有关。

我最开始探索爱情的时候，还不知道世界上存在白大狗这个人呢。

那时候，我喜欢的人刚刚上完体育课，汗水沿着他晒黑的皮肤涔涔而下。

整个初中，我们是最好的朋友。他像大多数男孩一样晚熟，看到我，傻笑着把湿乎乎的手臂搭在我肩膀上，阳光暖暖地照着他的眉眼、唇齿和若隐若现的胡须。

他拉着我去了学校的冷饮店，然后买了最贵的冰淇淋。我们的手一直没有松开，就像某种单纯的契约。

"对了，那天我爸和我说，明年我们要搬离这里。有些事情，该忘掉的也许忘掉更好……"

"嗯……"我没有特别地难过，毕竟也从未过高地奢望。

人群中远远地闪过数学老师的身影，"快吃，不然老师肯定和我们抢。"

他拿起冰淇淋，开玩笑地与我"碰杯"，我被他逗得哈哈大笑，只是笑着笑着，突然想哭。

### 004

第三封日记。

大概从初中时候开始，我的"白大狗式"审美偏好就逐渐形成了。

我所喜欢的人，常常是有点儿傻，有点儿笨的人。春寒料峭的正午，他站在最后一片雪地，朝着即将到来的三月奔跑和大笑。毫不掩饰的痴顽和天真，伴随着毫不自知的美。日光落在他鬓角的刹那，你会觉得他单纯得就像野草，在夏至和霜降之间，没有经历盛衰枯荣。

茫茫此生，他从未细想，更不曾看透，仅仅是过一天算一天的快乐，可你却常常幻想和他共度一生。于这世间寂静一隅，于某个露水沾衣的清晨，当你醒时，就能看到床前有他为你冒雨采回的玉簪花。

## 005

第十封日记，依然是关于初中时代的那个少年。

某一次，我将这些话讲给他听。那时正是夏令营，在户外活动中，我和他被安排到两个不同的帐篷区。

很凑巧，我们恰好处于帐篷区的交界处，他突发奇想，用红线和一次性纸杯做成传声筒，然后我们眯缝着眼，迷迷糊糊地听彼此小声说话。

夜已经很深了，却依旧乱哄哄的，每个人都在各行其是。我听着他淡淡的呼吸，带着归宿般的安全感。

"我有点儿热，你呢？"

"哈哈，那我给你吹吹。"他对着传声筒吹气。

"还热吗？"他又吹了一大口。

"好多了。"至少我心里已经凉爽了……

我想着身边这个憨憨的家伙，单纯、热情、善良、乐观……脑子里莫名闪过千年万年的失落感，有一种并非一朝一夕就能填补的遗憾。可我在遗憾什么？对于这样一个毫无邪念的人，连爱都显得有点儿不堪。

"我以前想过养蚕，可我妈从来不让我养猫狗之外的动物，因为……你哭了？"

"只是眼睛有点儿发痛。"

不，只是我突然想起，这将是你我一生中最近的距离。

## 006

第十七封日记。

我是从什么时候开始喜欢的呢？最初的心动缘于那个温热的傍晚。

当时刚刚进入夏天，远远地，我看到他在偌大的草地上踢球，夕阳怜爱地抱着他，让他在草木繁盛的青春里自由生长。

那一刻，大地柔软成无边的丝绸，我用力扶着手中的铁丝网，才得以让自己停止下降。

我第一次发现，我是如此仇视自己的生命，它贫瘠、瘦弱，充满矛盾和莽撞。如果造物者可以让我拥有另外一种形态，如果我也可以像他一样自在地奔跑和发光，如果……

我木讷地想着，嘲笑着自己没来由的心动……我竟然喜欢上了这个陌生人。

为什么？实在是蠢到了极点。

然后，他收拾好足球和衣物，准备从场地离开。暖风带着雨水清凉的气息，他赤着胳膊，低头看着手机，慢吞吞走了过去。十四岁或者十三岁，汗水一蒸发就化成诱饵。

"嘿。"不远处有人在呼喊他的名字。他看着她，傻笑着走了过去。

"这不是我的世界。"空气中不知是谁低落地自语，之前潮涨般的一切，就那样慢慢地静静地消失了。

## 007

第二十三封日记。

有一次，我们讨论起天使。

"我听说，天使会在夜里低空飞行。也许此刻，它正悬停在我们身后。"夜晚的课间，窗户半开着，春风混着草气，消融着你的声音。

当时已近四月，天就要暖了，而我们就要离别。

"这种传闻真叫人欢喜，只是……"我顿了顿，后半句变得哑然。

"只是什么？千万不要再给我普及常识，我难得浪漫一次，你就别打岔了。"

你眉目太好，笑意里容纳了所有日月星辰。可我却只能看向远方，然后低头："只是我在想，当它俯视万家灯火时，该有多寂寞。"

## 008

第三十五封日记。

极昼，我一直觉得这是地理书上最好听的名词之一。

"春分过后的北极和秋分过后的南极，若是身处极昼范围，赶在天晴的时候，午夜时分也是阳光灿烂。"

大概是他的声线过于温暖，我常常在他的声音里无法自控地走神。

"在极点上，连续六个月是白昼，连续六个月是黑夜。那里的昼夜一天，相当于其他大陆的一年。"

我闭着眼，幻想着这种神话般的时间感。可是，哪怕是闭着眼，他的笑容还是充斥着整个世界。

"嘿，你在听吗？我每次给你补习，你都心不在焉的样子。"我被他波澜不惊的声音惊醒。

"没事吧？有心事可以和我说。"

可我什么都没说，可我什么都不能说。我只是像呆瓜一样，默默地低头无语。如果我告诉你，你会觉得我可笑吗？我在想，我应该生活在极昼里，这样就再也不会有夜深人静欲诉无人的时候了。

## 009

第六十七封日记。

那时候还是春天，我坐了24个小时的火车跑去呼和浩特。天刚转暖，我穿着厚厚的棉袄，费了很长时间才找到那所偏僻的医学院。

暮色四合，我随着人流混入他的学校。可到达目的地后，我却突然忘了来这里的理由。是因为他深夜发来的那句"失恋"，还是他本就试图藕断丝连？无论是哪一种，都理应和我无关了。

夜色渐深，直到周围嬉笑拥抱的情侣散尽，我才终于看到他的影子。那是相互依偎着的两个人，另一个女生紧握着他的手，嫌弃地把路旁瑟瑟发抖的流浪狗踢到一边。

说笑声渐行渐远。

"听说，你们看到的世界永远是黑白的，对吗？"我抱起那条后腿残疾的小土狗，抚摸着它软软的额头："跟我回家吧，你不许再流浪了。"

## 010

第七十八封日记。

他终于还是结婚了，就在明星W公开恋情的同一天。他告诉我喜讯的时候，我听到电话那头新娘靠在他怀里一边说话一边咬苹果的声音，过了一会儿，又去厨房里乒乓作响地炒菜。

聊来聊去，他突然和我说："你知道吗？初中的时候，我觉得你很可爱。"

我一直以为这应该是由我开口的话。思考了两分钟，我最终还是提出了那个不合时宜的问题："你是说当年你也喜欢我，对吗？"

"对啊，哈哈。现在想想就是两个小孩儿的故事，挺好笑的。"

不明白为什么，他挂断电话之后，我虽然为他高兴，但心里却总想掉眼泪。我想起了那年冬天，他从课桌下面握住我的手，他傻傻地露着白牙齿的笑，和那一丝丝穿透皮肤、融进血液最后汇入心里的暖。

## 011

第九十六封日记。

后来，我遇到一个很奇特的人，他天生体温很高，我每次接近他，都像接近一个小小的暖炉。

他和我并非同班，只是有一次我去自习室，整个教室的座位都被占满，除了他身旁的空位。

"好奇怪，你身上有一种槐花香。"那是他和我说的第一句话。

和所有外向幽默的男生一样，他很快便与我熟络起来。

"我突然发现，你和我初恋很像。我现在的女友和她只是五分像，可你却……"

我耸了耸肩没有答话，出于对他痴情的安慰，便没去点破他的移情别恋。

有一天夜里下雪，我一如既往地去操场跑步，因为风雪的缘故，空旷的操场中只有我一人。

"你冷不冷？"不知道他是何时来的。

"还好啊。"我笑着答道。

"我想抱抱你。"我闻到了他身上的酒味，那句几乎脱口而出的"不可以"心软地消失了。

"随便。"我并不喜欢他，可我却能感知到他对初恋的喜欢，那种浓烈的感情令人嫉妒。

后米的事情渐渐失控了。他的现任女友找到我们，不由分说地给了我一巴掌，然后哭闹着说要分手。

"这便是人类的爱情吗……"风雪很大，我情绪简单地站在一旁，连失落的心情都很少。

012

第一百零三封日记。

我记忆中的天气常常是整日多云，那种阴沉古怪的白天反倒会让人热切地期盼夜晚。

上小学的时候，我同桌也和我一样，最厌恶阴雨天。每次雨后，她都会极慢极慢地走路，生怕连衣裙上溅上泥点儿，而我则会微笑着陪在她身边，帮她轻轻抬起一侧的裙角。

她很少邀请其他同学随她回家，但我是个例外。有一天，学校提前放学，我顺路去她家里坐了一会儿。最先出来迎接我们的，是房间里污浊的酒气。她父亲正袒露着胸背，在床上大大咧咧地睡觉，而她母亲则眉目低垂地打扫着地上的花生皮。

我看向同桌，她正厌恶地望着满地的狼藉，然后恼怒地拉我进入她的房间："你要为我做证，我发誓我会离开这个鬼地方。"后来，她确实一步一步走上了誓言之路，早早地退了学，跑去深圳打工，在刚满二十岁的情况下，嫁给了比她大十八岁的商人。

后来她给我打电话，我感慨："我的小丫头终于找到了自己的幸福。"可她却迟疑地说："幸福、快乐……好像人活着就是为了这些空荡荡的词。可你知道吗，事实上，我最近经常做梦，梦见我成了我妈妈的样子，坐在家门口，一边等我放学，一边自在地洗衣裳……"

我突然想起当日临别前，她母亲安静温柔的笑，那笑容并无痛苦，而有厮守一生的圆满。

## 013

第一百二十封日记。

那一年冬至，故乡下了很大的雪。正是晚自习的课间，我将自己包裹在厚重的棉衣中，在灯光下摇摇欲睡。恍惚间，我看到了最令我惊异的一幕：我的将来。卧室的床上，已是中年的我在和一个男人激烈地接吻，一切都真实到令人恐惧。我静静地躲在墙角，大气都不敢出，只能呆呆地听着"我们"的对话。

一个格外熟悉的声音在规劝梦中的"我"："跟我去杭州吧，杭州正在下雨，骤雨过后的吴山广场，最适合信步闲游……"

我百般尝试却无法看清他的脸，直到他翻身，才正式宣告这是一个噩梦：规劝我的男人竟然是班上那个最轻佻最捣蛋的体育生。虽然他平日并没有恶意地欺凌我，但那日复一日的挑衅，足以令我深恶痛绝。

我瞬间从梦中惊醒，也许那是另一个宇宙里将会发生的事吧……自那儿之后，我对他的厌恶感减淡了一些，因为我总能听到脑子里那个声音在反复回旋："我会带你去杭州……"

表面上，我一直在嘲笑，这是白痴才会相信的大脑反射；可内心里，那之后的好多天，我都在傻傻地盼着。

## 014

第一百三十五封日记。

因为初中的书法比赛，让我认识了一个男孩。我偶尔会在暑假，坐很长时间的车跑去找他。

虽然他坐在轮椅上写字并不方便，可他却依然坚持每天练习书法。

"你是我最好的知己，这也是我们仅有的交集了。"他总是有些失落地这样说，然后用我写的句子作为练字的素材。

有一天他问："你摘抄的'众里嫣然通一顾，人间颜色如尘土'那首诗是什么意思？"

"哦，那首诗是在形容女子的美貌，在诗人眼里，所有人都比不上她。"

他咬着嘴唇点了点头，没再说话。

后来，临近毕业的某一天，我又去找他。

"你就要离开我了？"

我看得出他对我的依赖，我忽然有些不舍："写一幅字赠我吧。"

他点头默许："写什么？"

"就写我最向往的生活吧：纸屏石枕竹方床，手倦抛书午梦长。"

"嗯。"他拿出纸墨，但迟迟没有动笔，沉吟了很久，却写下："众里嫣然通一顾，人间颜色如尘土。"

## 015

第二百六十五封日记。

我刚上大学的时候，宿舍楼的大厅里摆放着一个小黑板，上面写着近期收到信件的同学的名字。那时候我很渴望有人能给我写信，我几乎每天都会忍不住看一眼那个黑板，但是每一次都会失望。后来，我在网上认识了同校的一个学弟，我很喜欢他。当时，每天晚上我都会跟他短信聊天，但因为自卑，我不敢和他见面。直到某一天他跟我说，他已经和×××在一起了。

明明从来就没有在一起过，可是那一瞬间，我却像失去了一切。

当年，我和他距离最近的时候是我去长春，在夜里，我站在他校区的门口等他拿一份资料出来。可最后，他还是让舍友代劳了。我不知道他在逃避什么，可我知道，我这辈子都不会再见他了。我有自己的臭脾气，我根本不可能容忍一个"背

叛"自己的人。只是在我心里，我一直都喜欢他，和当时那个
单纯的自己。因为这样的感情，这样的故事，此后余生都很难
再有第二次了。

在电话里，他跟我说："你去香港的那半年，都没怎么联
系过我……"

是的，我一直就是这样，晚熟的后知后觉的呆瓜。我总是
比最好的状况晚上一步。如果可以的话，我愿意放弃去香港，
一如既往地陪着他就好。等我慢慢成熟，慢慢摆脱抑郁，我可
以给他最好的幸福。人们都会嘲笑这些年少时的爱恋，可是我
心里明白，这不是一个网恋的故事，当时我是认真的，当时我
是奔着结婚去的……

## 016

第二百九十六封日记，是我和学弟的对话。

"最近，我在看《基度山伯爵》，书中说人类的一切智慧
包含在等待和希望里。如果我们等待，一定是能换来希望的，
对吗？"

"嗯。《球状闪电》里说，美好人生的关键在于你能迷上
什么东西。"

"也有像今晚这样的时候，它会感到突然的、特别的空。
不是空虚，而是沉寂，不是绝望，而是凝固，如同她体内的一

切都完好无缺，但全都停止不动了。"

"然后，她会产生一种愿望，想在外面找到快乐，在某个作品或者景观面前，做一个被动的旁观者。"

"你也有这样的时候吗？我有。比如那天在餐厅吃饭，我看到一个人长得很像你，忽然就想见到你了。"

## 017

第三百二十一封日记。

有个朋友对我说，他喜欢上了从来不肯和他见面的小Z。在一年半的时间里，他很多次专门跑去小Z的城市，都被对方以各种理由回绝。他跑来向我求助，我说其实也没什么，很可能Z在拿假照片和你交往。求证之后，果然。

然而，这并不是一个单纯上当受骗的故事。语音通话的时候，他哭着告诉我说，其实他早就不在乎对方长什么样子了，他就是想见到Z，和Z在一起。事实上，他已经爱上了Z的灵魂。这个朋友比我小一岁，可是那个瞬间，我突然觉得自己已经老了。

我满嘴的理性、原则、防骗指南，全都被那种只属于年轻的义无反顾击毁。

很美好，在青春的时光里，有一场奋不顾身的爱情。

## 018

第四百七十二封日记。

某个周末，我独自在初夏的夜里散心，恰好遇到那个抱着猫的毁容男孩。他就住在我家附近，那些因鞭炮爆炸而遗留的伤痕在月光下更明显了。我并不觉得他丑陋，反而感到他有一种神秘的吸引力。

"你被我吓到了？"他阳光大气，善于自嘲。

我摇摇头："其实我很喜欢，你比他们性感一万倍。"

"'他们'是谁？"

"一些不好的人。"

"我觉得我也挺不好的，我想成为猪，或者狗，总比做人强。"

我被他的回答逗笑了，失落感也减轻了一些。

"你呢？你想成为什么动物？"他追问道。

"我想成为猫。"

"为什么？"

是啊，为什么？那天深夜，我对着日记本发呆。

我想成为猫，有人疼着、宠着、抱着、护着，就像你怀里的那只。

019

第六百二十三封日记。

以前，我从北方回家的时候，要坐15个小时的火车。夏日里，火车不徐不疾地穿过成片的树林与花田，油画一般的色彩淡淡地在车身两侧流动。天空蓝，流云白，树林绿，在暖暖的空气中，似乎所有的幸福都与我们有关。可那个时候，我总会难过地对着窗外的远山掉眼泪。

明明被所有的美好包裹着，我却忽然想到，短短一小时的路程，我们就甩下那么多村庄和城市，甩下那么多永远都看不到的故事。世人终其一生都未能相遇的挚爱，其实就藏在这些来不及探寻的风土之中，可我们却只能像这列火车一样，不断错过又不断向前……

有一天夜里，我看到两个年轻相爱的恋人。他们穿着情侣衫，男孩骑着自行车载着女孩。两人并不算好看，甚至都称不上中人之姿，可即使是阴影，也没能遮挡他们脸上幸福的光芒。

那一刻，我似乎看透了包括我在内的渺小生命的常态：欢喜，黯然，都不足为外人道，只有他们自己知道，在这茫茫尘世中，有一朵花正在悄悄开放。花还在开，所以一切都值得。

## 020

翻完日记，我和白大狗去了城隍阁。当时已是黄昏，风铃在古楼的檐角响动。站在草木之间，仿佛可以记起所有的过去。

然后，我给白大狗讲了这个故事。

临近毕业的时候，一个同学告诉我，他们早就知道了我的秘密。平时大家会这样讨论："你知不知道，其实……"

"嗯，知道，知道。"

可能是快要毕业了，听完我也没太多担忧，只是觉得他绘声绘色的描述很有趣。

这位同学很高大，我经常会在极度冰冷的早晨，看到他提前坐在偌大的阶梯教室里看书，或是主动打扫卫生。

那一年，我们全班外出游玩，租了一条机动船在水面漂流。

将要下雨的灰蒙蒙的上午，潮湿的空气中尽是五月草木的清香。

忽而一阵水花溅来，我躲闪不及，却正好撞进他的怀里。鼻子被撞酸了，可是却闻到淡淡的被水沾湿的香味。

周围一阵嗤笑，他却一把拽住我的手臂："站稳了，我可不想你掉下去。"

……

白大狗：“后来呢？”

我：“后来我就平淡地毕业了。某一天傍晚，我午觉睡醒，宿舍里空无一人，整幢宿舍楼的同学都走空了。我不能对抗那种巨大的空洞感，逃一样地跑到楼下的草坪上。远远地，我听到很多人在合唱一首不知名的歌。歌词里说，我们的青春，就是长在心底、经过风吹雨打才会开的花……再后来我听到，他结了婚，生了两个孩子，简单而幸福。然后，青春结束了。”

白大狗：“完满的结局。”

我：“嗯。也是我向往的人生。”

夕阳渐渐染红了古墙，白大狗拿出手机对着四处狂拍。

“我喜欢这些树。”白大狗边拍边说。

“嗯，我也喜欢这些树。”我随口附和。

“我喜欢这些石头。”

“嗯嗯，我也喜欢石头。”

“我喜欢你。”

“嗯嗯，我也喜欢你……嗯？”

“哈哈。”

“真想用360度白眼翻你。”

“明明是你笨……”

我的青春曾常伴孤独，有你才算是结局圆满。

# ☰

## 12.高度近视

### 001

白大狗视力极好，有一天他拿着我的眼镜乱戴，戴上之后他狂呼头晕。我和他说，因为我从小学习刻苦，长大工作认真，导致两只大眼睛从5.0的视力慢慢退化，如今才落得高度近视的下场。

初中时期，我听信了一个传言：近视以后不戴眼镜，可以慢慢将视力矫正过来。

于是某天晚上，我特意没戴眼镜，然后在家附近闲逛。我隐约看到一位爷爷辈的亲戚，出于礼貌，我乖巧地朝他喊了一声"爷爷好"。对方明显愣了一下，反问："你说什么？"

我默默走近，发现对面是年仅二十岁的表姐。

看错年龄的同时，又看错了性别，我一时窘迫到不知怎样回应。

表姐满脸惊恐："邻居家的爷爷昨晚刚去世，你刚才……看到他了？"

我淡定地告诉她："别怕，我只是眼睛比较特别。"

表姐捂着胸口，风一样地逃走了。

## 002

上大学的时候，有一次在公共洗漱室，我洗完脸后眯着眼睛照镜子，没戴眼镜的时候，眯眼可以让世界变得更清晰。

不知道过了多久，转身，我看到身后的同学正在愤怒地看着我。

我当时不明所以，后来才明白，那个同学以为我在目露凶光地示威和挑衅。

某一天，我想到这件事，于是还原了一下当年的表情，同时用手机录了下来，点击播放键，妈呀，简直凶神恶煞。

## 003

对于我们这种人来说，失去眼镜相当于失去安全感，不仅视力变差，听力也好像会变差，有时候真的会发生"你说什么？我没戴眼镜听不清楚"的愚蠢故事。

比如周末早晨，我迷迷糊糊地想用脸部按摩仪，按摩了五分钟，感觉不太对，后来发现用的是白大狗的电动剃须刀。

再比如剥完香蕉，我会丢掉香蕉，拿香蕉皮朝嘴里塞。

有一天白大狗说："我感觉你没摘眼镜之前比我聪明三倍，摘掉眼镜之后，你就像被砍了脑袋，智商瞬间就比我……"

我反问："比你什么？"

他："就比我只聪明二倍了。"

## 004

冬天，我们从杭州去北方旅行，感觉空气有点儿干燥，没过几天，手背干裂，脸颊脱皮。我和白大狗吐槽："你看，我都掉渣了。"

白大狗傻愣愣地反问："为什么会这样呢？"

我回："因为这几天没怎么喝水，外加环境干冷，导致皮肤缺水。"

他挠了挠头皮："皮肤也能缺水？你属鱼的吗？"

OK，话题到此结束。

## 005

有一次，他和我聊起前任的事情。

白大狗："之前我有一个特别贴心的对象，几乎把全部的时间用来照顾我的生活起居，给我喂饭，帮我穿衣，吃喝拉撒什么都管。"

我全程冷漠："你是找了个妈？"

他一脸郑重："我没和你开玩笑，真的是这样的。"

我有种恶寒的感觉，但好奇心还是战胜了理智："可不可以告诉我那人叫什么名字？"

他顿了一下说："叫小祐。"

我："听起来好奇怪，你可别乱编名字骗我。"

他："没骗你，因为我给我的右手起名'小祐'，哈哈。"

我狂翻白眼："真有这个人也没关系，我才不想管那么多呢。"

## 006

我和白大狗去影院，向外走的时候我悄悄和他说："好尴尬，对面那一对儿，和咱们撞衫了。"

白大狗："撞衫？"

我："对啊，太巧合了吧，从上到下，所有的衣服好像一模一样。"这样说的时候，我还在为自己的品位自豪，因为当天我和白大狗的衣服都是我搭配的。穿着完全相同的服饰虽然很尴尬，但至少说明这样搭配衣服是有人认可的。

结果，他淡淡地告诉我："对面是一面镜子。"

## 007

他出差的时候，喜欢把所有的见闻和我分享。有一天，他在路上看到一个胖胖的雕像，于是迅速和我视频通话。

聊着聊着，他俯视着镜头，开始走心地说："我忽然很想和你在这里拍个照，前面能许愿，我……"

手机在这个时候卡住了，原本很温馨很深情的情景，变成了一张低头霸占屏幕的脸，整个画面最引人注目的是鼻孔和O型嘴。

谢谢你的真情流露，这一刻我永生难忘。

## 008

虽然我早已经明白，不戴眼镜并不能锻炼视力，但偶尔我还是会不戴眼镜出门。有一天周末傍晚，我去楼下买水果，回家开门的时候意识到自己没带钥匙，于是淡定敲门，然后双手合十，做出一个金鸡独立的姿势，等待白大狗迎接。

结果门一打开，里面是几个不认识的亲戚，而我还正保持着金鸡独立姿势。

　　那一瞬间，我心里同时升起紧张和埋怨两种情绪：为什么白大狗叫家人过来也不和我提前说一声……

　　我赶紧站好，热情微笑："几位是刚过来的吗？还不知道该怎么称呼……"

　　对面几个人面面相觑，谁都没有接话。

　　我突然意识到什么，后退两步，仔细看了一下楼层号，发现自己把9认成了8。

　　打扰了，告辞！

## 009

　　我和白大狗在外面旅行，城市的地铁很拥挤，但我毕竟腿长腰细，躲闪之间还是找到了一个座位。就在这时，我隐约看到一个孕妇走了过来，于是我起身请她入座。

　　对方一脸懵懂，摆摆手说不必了。

　　等等？为什么是这种粗犷的声音？我眯眼仔细端详，才发现这是一位留着长发的肥胖男士，之前看到的孕相，是因为他有一个超大的啤酒肚。

　　白大狗扭头，憋笑到不行。

## 010

同样是那次，我不小心和他在景区走散了。我找到他的时候，他正走在前面，完全把我忘得精光，自顾自地吃着小吃。

我快走几步，一下跳到他背上，揪着他耳朵说："笨蛋，你把我弄丢了知不知道？"

没等他转头，我看到正对面，白大狗正无可奈何地看着我。

"不好意思，认错人了。"我弱弱地从陌生人的背上跳下来。

那人嘴里还在嚼着小吃，摸了摸被我揪疼的耳朵，满脸迷茫……

## 011

不戴眼镜，除了认错人，还会认错东西，比如把木桩看成乌鸦，把污渍看成蝴蝶。最可怕的一次发生在外地，我看到地板上有个梭形的物体，想也没想就抓到手里，结果感觉有东西在手心挣扎，松手，才发现是一只巨型蟑螂。没等我喊出声，它竟然展开翅膀流利地飞走了……

在某个宾馆，因为我没戴眼镜，反应比平时慢一些，于是我跟着人群进门的时候，被宾馆的旋转门夹到了脑袋，剧痛无比!

## 012

有一次，我们要见一位很有身份的前辈，时间紧迫，我和白大狗急着出门。我翻箱倒柜，像世界末日来临一样问他有没有看到我新买的T恤衫，白大狗扬了扬头："不是正在你身上穿着吗？"

我喜出望外，这才想到早晨刚一睁眼就已经穿好了。

整个上午，我们和前辈相谈甚欢，那个前辈似乎也非常认可我的形象，屡屡扫视我的衣服。

和前辈分别之后，白大狗看了我一眼，意味深长地说："你T恤……"

我："怎么了？"

他："穿反了。"

## 013

我们去公司附近的商场，我忽然看到一个男同事正站在某家服装店前，像是在等人的样子。

那位男同事是全公司公认的"司草"，肤白貌美，年少多金，隐形财产无数，工作只是他用来和社会接轨。

我笑着和他打了个招呼，但是对方有些冷漠，不理不睬。

走远后，我和白大狗吐槽："长得帅就了不起吗？太没礼貌了吧！"

白大狗冷冷地怼了回来："刚才你在和一个塑料人偶打招呼，那是服装店的模特。"

我耸耸肩膀："好吧。"

白大狗继续给我出谋划策："以后如果没戴眼镜认错了人，可以将错就错。比如，你在认错的情况下，和一个陌生人打了个招呼，千万别慌也别怕，接下来，只要你和遇到的每个人都打招呼，就不会显得那么奇怪了……"

"神经病。"

其实，他不知道的是，当天我戴了隐形眼镜，没想到他会用那么幼稚的方法来化解我的尴尬和气愤。

不过，在爱情里面，近视一点儿感觉还挺好的。

≡

# 13.25℃的温柔

## 001

吃饭的时候，我和白大狗说："最近大家都说我变污了，有句话叫'近朱者赤，近墨者黑'，你觉得你是墨呢，还是朱？"

我话没说完，白大狗抢着回复："这还用说吗，我当然是朱！"

世界安静了三秒钟。

白大狗挠了挠头："怎么感觉哪里不对……"

当天，我和他出门买衣服，明明卖衣服的小姐姐就在周围，他还对我各种咸猪手。

被小姐姐发现之后，他自作聪明地给自己解围："唉，手心怎么这么痒，找个地方蹭蹭。"

嗯，这个理由有点儿侮辱别人的智商。

回来的路上，本来我因为丢脸已经很郁闷了，白大狗还傻愣愣地说："我以前有个暗恋对象，你知道我暗恋对象是怎么说话的吗？我给你模仿下。"

我耸耸肩膀："你想模仿就模仿吧，我就当放弃你的情商了。"

"好，那我就开始模仿了！"白大狗说完，也做了一个耸肩膀的动作："你想模仿就模仿吧，我就当放弃你的情商了。"

我这才明白过来，他是在模仿我，他所指的暗恋对象是我。

我："无聊。"

白大狗："这叫惊喜。"

我捧住他的脸："嗯，不知道为什么，我手心也忽然有点儿痒。"

## 002

晚上，我和白大狗去外面闲逛，即将草长莺飞的三月，夜里仍有些凉意。

白大狗："你冷吗？"

我："冷。"

白大狗："哈哈，我不冷。"

我狂翻白眼。

白大狗笑完，将风衣包裹住我。

昨夜才洗好的衣服，散发着好闻的清香，近在咫尺地呼吸着，仿佛呼吸着蜜糖。

"好了，已经不冷了。"

他笑了笑，放开风衣，握住我的手，放入右侧的衣服兜里。

就这样，我和他一声不响地站在天桥上，看着下面的车流穿梭，仿佛置身银河，衣角沾满星光。

忽然想起某个下雨的午后，我静静地坐在客厅看书，他没有捣乱，只是坐在一边，俯下身，亲了我手腕一口。

窗外是初春的烟雨，我没有说话，却无比心安。

回家的时候，我们路过一家甜品店。

白大狗："这家店新加了两种口味——鲜果塔和火焰石。"

我："嗯。"

白大狗："你喜欢鲜果塔还是火焰石？"

我："我喜欢你。"

## 003

有时候，我非常好奇白大狗忽高忽低的情商，于是我决定测试一下他的大脑发育状况。

我和他说："跟我玩一个测试头脑的游戏吧，以下问题你要在一秒内回答。"

他故意表现出一副狂妄的样子："这就想难倒我？"

我没回话，默默伸出一根手指，问："这是几？"

白大狗："一。"

然后我伸出两根手指："这是几？"

白大狗："二。"

我继续伸出三根手指："一加一等于几？"

白大狗顿了一下："三。"

我狂笑："就说你笨吧，连一加一等于几都不知道。"

白大狗嘿嘿地乐，过了一会儿，他说："你知道吗？我第一次在你家过夜，我在地板上，一整夜都没睡着。"

我："那你大半夜干吗了？数星星吗？"

白大狗："没有，我紧闭着眼，听着你的呼吸，心里都乐开花了。"

我："小样儿。"

白大狗："那天回去以后，我几个哥们儿问我有没有发生什么，我说什么都没发生，他们都乱哄哄地说我笨。"

我："哈哈。"

白大狗："不过，我和他们说，不是我笨，是你们不懂爱情。"

## 004

某一天下午，我和白大狗出门闲逛，发现很多不知名的草木已经繁花满枝。暖风软软地穿过日光，而后将花瓣吹落在肩头。

我双手插兜走在前面，他晃晃悠悠跟在后面。

我忽然听到他在后面大喊："嘿，等我一下！我数到五，你必须转头看着我。"

周围都是行人，我装作不认识这个呆瓜，没有回应。

"五，四，三，二，一！"尾音消失的同时，白大狗也跳到我面前。

我由于惯性，差点儿撞到他怀里："……唔？"

他满含笑意地捧住我的脸："你怎么这么听话呢？让你看着我，你就看着我。"

我赶紧挣开："幼稚。"

白大狗没有纠缠，只是小声说道："闭上眼，给你个惊喜。"

"嗯。"我相信他，于是合上眼帘，默默等着。

大约过了十秒钟。

白大狗："可以睁眼了。"

眼前是一整枝绽满春光的白色花朵。

白大狗："把我的最爱送给你。"

我："你的最爱不应该是我吗？"

白大狗："嗯？你在说什么？我是和花说话，没听到。"

"哼。"我装作漫不经心，可是双臂却自动环抱住他："谢谢你，送给我整个春天。"

花枝在春野摇曳，往来的人潮中，藏着我们小小的爱情。

## 005

有一天晚上，我和白大狗出去玩，买了不少东西，全都装进了我的双肩包里。走路回家的时候，我感觉自己像个小学生。

白大狗单手从后面掂了掂重量，问："重不重？"

没等我说话，他直接将背包从我身上扒了下来："现在这个包是我的了，想赎回去吗？"

我知道他是想帮我背，但是出于骨子里的倔强，我一般不会轻易示弱。

我淡定地说："其实没那么重，根本不需要你帮忙。"

白大狗坏笑了一声："行，那你背回去吧。"

背好之后，我继续走在前面。

我忽然觉得身体旋转了90度，整个人瞬间横了过来。

我："周围还有人啊，混蛋……"

白大狗："现在你和包都是我的了，想赎也赎不回去了。"

## 006

某日下午，我和白大狗一起去附近的景区转了一圈。山水，花枝，还有四处响起的鸟鸣，一切如烟似梦。

白大狗看了我一眼，轻轻捧住我的脸，认真地问："怎么了？"

阳光掠过他的鬓角，昨夜的风雨过后，遍地是洁净的落花。

我用力握住他的手："这里很好，我想晚一点儿回家。"

"嗯，去那边坐坐。"他没再说话，指了指不远处的长凳，和我并肩坐到繁花深处。

他单手搂住我的肩膀，我仰起头轻抚他的胡楂儿。

我："刚才那种青草的味道让我想起了很久以前的事。"

白大狗："很小的时候吗？"

我："嗯，开春的时候，我就会赶着一大群绵羊去田野里放羊。很多个下午，绵羊在我身边安静地吃草，我会躺在草地上发呆，或者睡觉。"

白大狗："仔细想想，这种生活还挺爽的。"

我："嗯，不过那是假期和爷爷奶奶在一起的时候。"

白大狗："我知道。"

我："这些年，我一直在拼命地学习和工作，很多时候甚至会牺牲自己的休息时间和健康。家人给我打电话，我总是说没有时间，但刚才那个瞬间，我突然意识到，我已经太久没有感受过下午的阳光了。原来春天这么好，好得让人想哭。"

白大狗："那以后你就陪我一起浪费光阴怎么样？"

我："嗯。"

白大狗："好的，就这么定了，把你双肩包里的水果拿出来，我想吃。"

白大狗掏出一个苹果和一个折叠的水果刀，慢慢削皮。

我："苹果已经洗干净了，削什么皮，直接吃就好。"

白大狗一副充耳不闻的样子，刀下长长的果皮卷卷地滑落，直到整个苹果的果肉全部露出。

我："削得真干净。"

白大狗："当然，因为这是给你的。"

春日田野间，庵屋初搭就。

覆盖草席疏，冷露湿衫袖。

## 007

某一天，我和白大狗去看电影，原本白大狗订的是后排角落的座位，但是我向他普及了"夜视摄像头"的常识，所以并没有发生什么卿卿我我的事情。

放映结束的时候，灯光闪亮，身旁的人陆续离席。

白大狗："不知道这部电影有没有彩蛋？"

我："我在网上查过了，没有。"

白大狗看着我，指了指自己脸蛋儿："但是我想要个彩蛋，怎么办？"

我："……唔……啵。"

## 008

吃过晚饭，我和白大狗在楼下散步，晚风暖暖地环抱着我们。

可能是他站在风口的缘故，我只觉得满世界都是他的味道。

我："突然想去海边，光脚站在软软的沙滩上，周围是三三两两的行人，距离不远也不近。"

白大狗："就那么干站着？"

我："最好手里还能捧着一整块水果蛋糕，唔，忽然想吃点儿甜的……"

白大狗一脸认真地盯着我："我很甜。"

愣神儿的三秒钟，我被他强行亲了一口。

白大狗坏笑两声，满脸的得意，但又突然若有所思地说："不好，有一件很重要的事忘了做了。"

我第一次看他那么惊慌，赶紧安慰他："哪件事？你先别急，我可以帮你。"

白大狗捧住我的脸，亲了亲额头，然后大笑着说："就是这件事。"

我还没来得及生气，就看到周围正好有个大爷路过，貌似他完整地看到了这一幕。坦白讲，我并不喜欢当众秀恩爱。

我尴尬地揉了揉眼，本能地想遮挡住自己的视线，但是突然觉得有点儿不对。

白大狗严肃地看着我，问道："你眼角怎么了？那是什么东西？"

我一下子被吓到："是有虫子吗？"

白大狗："别怕，你闭着眼别动，我看看。"

"嗯。"我紧张地闭上眼。

白大狗："啵。"

白大狗，你个大坏蛋！

## 009

"刚才你和谁打电话？"等红灯的时候，白大狗转头问我。

"家里，他们希望我选定城市，定居下来。"

"叔叔阿姨知道你那个秘密吗？"

"不知道。我爸是初中学历，我妈是小学学历，能保护他们的最好方式就是撒谎，让他们永远不知道我的事情，也就不会为我的以后担心。"

绿灯亮了，车流继续向前，我坐在副驾驶座，看着窗外的朦胧灯火。

"在想什么？"他问。

"想起以前的很多事。初中的时候，我喜欢写诗，我会尽量写得简洁易懂，然后放在父母看得见的地方。我很希望被他们肯定，可是从来没有被肯定过。后来我知道了，他们读不懂，自然，他们也并不懂我。我爸只是在我成绩单下来的时候，看一眼我的成绩，只要我还保持在第一名，那就相安无事，否则就是一顿臭骂……"

"但也正是因为过去的经历，才让你有今天的成绩。"

"不知道，我只是，只是觉得有些累。"

"嘿，你看，外面这么热闹，不要东想西想的。"白大狗看了一眼街边的圣诞树。

"嗯，因为现在是平安夜。"

"你有什么愿望吗？"

"我想想。愿望是不能说出口的。"

遇到你之前，我一直是一个人默默漂泊着，那时候我唯一的愿望是赚很多很多钱，彻底摆脱贫穷的命运。可是现在，我只想平平安安，平平安安地和你在一起。

"到家了，准备下车吧。"白大狗笑着说。

"等等。"

"嗯？"

拥抱。

谢谢你，出现在我的生命里。


## 010

晚上，我本来想洗床单，但我一时冲动，把枕头也塞进了洗衣机。

我问白大狗："枕头里面是植物的种子，洗完会不会长出小草？"

白大狗："哈哈。"

我："怪我太冲动了，今晚没有枕头用了。"

白大狗："我记得你有备用枕头。"

我："哪里有？"

白大狗拍了拍自己手臂："看，这里，还是人肉做的。"

我没理他，坐到一旁看书。

看了一会儿，我突然想到高中的化学，于是随手在扉页上写了一个方程式：

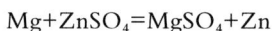

$$Mg+ZnSO_4=MgSO_4+Zn$$

我问白大狗："还记得这个吗？"

白大狗："镁和硫酸锌，生成了硫酸镁和锌……不行，别给我看了，看得老衲脑仁儿疼。"

我："我把这个方程式送给你。"

白大狗："？"

我："因为老师说，这个公式代表的是你的镁偷走了我的锌。"

白大狗满脸感动，把手臂搭到我的肩膀上："怪我化学课没认真听讲。"

我："你刚才还自称'老衲'呢，现在就毛手毛脚地搭人肩膀上。"

白大狗："知道为什么吗？"

我："嗯？"

白大狗："因为我已经为你还俗啦！"

## 011

某一天深夜，我们还在外面，我和他走在灯火繁华的步行街，周身是四月的味道，人声喧闹，暖风吹拂。

路过许愿树的时候，我问他许了什么愿望，他一直都不肯说。许久，他才故作轻松地告诉我："我的愿望是，给你一个家。"

其实也没有发生什么特别的，可是我忽然忍不住跑到角落，偷偷掉眼泪，偷偷把这些话记到心里。

早就习惯了一个人居住在陌生的城市，习惯了没有家的感觉，习惯了把房子作为睡觉的场所，却没有习惯不去幻想过去和未来。

原来，原来我已经认识你那么久了，最开始认识你的时候，我甚至没有想过相爱的可能，而这一次，我不想再错过你。

白大狗，我希望我的未来世界里一直一直都有你，我希望能满足你的期待，万家灯火中，守护其中一盏等着你。

这世间的一切，如果没有你，又有什么滋味呢？可是我又想，就算有一天，就算有万分之一的可能分别，我一定也会开开心心的，因为只要能确保你在这世上自由幸福地活着，我便没有遗憾。

不，也许会有那么一点儿遗憾，就像那首安静的诗：

说是寂寞的秋的清愁，说是辽远的海的相思。

假如有人问我的烦忧，我不敢说出你的名字。

我不敢说出你的名字，假如有人问我的烦忧。

说是辽远的海的相思，说是寂寞的秋的清愁。

≡

## 14.傻瓜和笨蛋

这 个 故 事 从 你 开 始

### 001

白大狗某一天特别肉麻地问我："宝贝儿，你喜欢我不？"

我回："不喜欢啊，怎么了？"

他："心口不一。"

接着他问："你最爱的难道不是我？"

我说："不是。"

他把两条胳膊交叉到胸前："骗子！大骗子！"一脸可爱的表情。

## 002

心血来潮的时候，我经常会减肥，为了监督自己，我买了体重计和卷尺，前者用来测体重，后者用来测腰围。

在那段时间，白大狗成了我的"量身师"，每晚必做的功课是测量和记录我的腰围变化。

他为我定制了饮食方案和运动计划，经过我连续多日的认真奋斗、不懈努力，我的体重终于还是……毫无变化。但可喜的是，腰围有点儿变小。于是我向他吐槽："是不是无氧运动太多，导致所有脂肪都变成了肌肉，所以总重量没变，但整体却瘦了？"

他不置可否地笑了笑，让我感觉中间有诈，于是追问他在笑什么，他回："难道你不觉得，我在测量你腰围的时候，一天比一天用力，一天比一天勒得深吗？"

我摸了摸肚皮上的红印，淡定地对他说："下次请继续勒深一点儿……"

## 003

白大狗特别粗心。

有一段时间，微信上流行互发"假红包"，每次我给他发送一个看上去很像红包的表情图片，他都会被骗到，手指放在上面连点几下，才反应过来不是手机bug而是智商bug。

后来，他也学聪明了，甚至决定对我反戈一击。

有一天我正工作的时候，手机忽然收到来自他的微信提醒：[转账]请你确认收钱包。当然，那是一条文字消息，而不是真正的转账。

我看了一眼，没理会，继续忙自己的事。

他按捺不住了，问："为什么你没上当呢？"

我回："因为你最后多打了一个'包'字。"

## 004

某一天下午，我提议晚上和他去吃酸辣鱼，他疯狂摇头："我们昨天不是刚吃过吗，把我辣得肚子疼，今天千万不能再吃了。"

虽然不知所云，但毕竟不是什么原则问题，我也只好默许。

到了傍晚，他突然给我打电话："咱们还是去吃酸辣鱼吧。"

我反问："你不是不想吃吗？"

他说："我仔细想了想，咱们没去吃鱼，我只是昨晚做了一个关于酸辣鱼的梦。"

我顿时笑喷。

## 005

和白大狗相反，我是容易沉下心做事的人。有一天我在看书，看见他在捡地上的葡萄，问他怎么回事，他说："你知道我刚才看到了什么吗？刚才你拿了一颗葡萄，放到嘴边儿，手一松就掉了，可是整个人毫无反应，呆若木鸡。"

我："应该是看书太投入，忘了张嘴。"

白大狗大概是被我的说辞打败了，然后顺手拿出一碟已经剥好皮的葡萄："现在你可以认真吃了。"

## 006

我喜欢用橡皮制作卡通印章。

有一次我专门为白大狗设计了一个LOGO，然后做成橡皮章送给他，他爱不释手。

后来我趴到床上看电脑，白大狗突然拿橡皮章蘸满印泥，在我腰上用力印了一下。印完他还神秘兮兮地说："印上我的戳儿，你就是我的人了。"

我第一个念头不是浪漫，而是"那可是上好的防水印泥！"

白大狗反问："浪费这么点儿印泥都舍不得？"

我欲哭无泪，这一下怕是很难洗掉了。

之后的一周，为了洗去那个印章，我把整个后腰都搓红了，一边搓一边怒想分手理由！

## 007

白大狗的优点在于社会知识丰富。有一次我和他去海边城市，我看到路面牌子上写着"潮汐终点"四个字，于是兴奋地和他说："快看，这里就是潮汐的终点！"话说出口的瞬间，自己心里咯噔了一下，那条路并不在景区，离海边还有相当一段距离。

白大狗忍住笑："潮汐终点是说潮汐街道的终点，潮汐街道就是那种车道数量可以变化的街道。"

虽然我没听太懂，但我还是装模作样地点了点头。紧接着，我听到他喃喃自语："不过我也希望陪你到真正的潮汐终点。"

## 008

我大概是被他的傻气传染了。有一次晚饭过后，我拉住他："我想和你说一个消息，希望你听完之后，不跑路，不吃醋。"

他问："什么消息？"

我认真地说："我怀孕五个月了。"

白大狗把头靠近我肚皮，一副要听胎动的样子，然后从上向下仔细打量了我一番。我以为他会兴奋地大喊"我要当爹了"之类的，结果聪明如他，幽幽地说了一句："你只是晚上吃多了，肚子胀，没消化。"

我狂翻白眼。

紧接着他说："都能听到你肚子咕噜的声音，特别大。"

## 009

他做家务方面，态度一直很好，因为在这个健身狂的世界观里，做家务是一种有氧运动，可以帮助分解乳酸。

有一次我良心发现，和他说："咱们两个轮流做家务好了。"

他想了想告诉我："如果你执意要做，那也行，但是你要给我一周时间。"

我问："一周以后就由我来做吗？"

他："当然不是，我是觉得一周以后你就忘了。"

## 010

白大狗的智商到底是多少呢？这对我来说是个未解之谜。有一天，我看猫粮快吃完了，于是和白大狗嘀咕："猫儿子是到了青春期了吗？饭量突然增大了不少，这一袋猫粮才吃了多久？"

白大狗看着我，鼓着嘴告诉我一个秘密："前几天我看它大口吃饭吃得飘飘欲仙，我突然想尝尝猫粮是什么味道，所以就舀了一碗，自己吃掉了。"

自己吃掉了？

他接着说："也许并不是所有猫粮都很好吃，但这个牌子的猫粮真心不错，一开始放入嘴里像是在吃虾条，然后鲜味会越来越浓，仔细回味，还有一种炸鱼的香气。于是我越吃越多，最后吃掉了半袋。"

我感觉自己的笑容已经凝结："OK，你开心就好。"

### 011

他是我见过的睡眠质量最好的人，无论他白天经历了怎样的惊涛骇浪，晚上一碰枕头，很快就能睡着。

有一次，我向他讨教快速入睡的方法，他说："小时候贪玩不睡觉，我妈就用手拍我胸脯，从那个时候我养成了一个习惯，只要拍拍自己胸脯，很快就能睡着。"

某一天他忙着处理工作，到了夜里十二点还没休息，作为一个很贤惠的人，我自然要催他睡觉。

他敷衍地点了点头，却还是自顾自地打字。

我拍了拍他心脏的位置告诉他，长期熬夜，心脏负担太重，结果他打着哈欠说："别拍我胸脯，再拍我就睡着了。"

说完，他躺到床上，酣睡过去。

唔，我好像不经意间找到了他的"待机键"。

## 012

有一天我收拾屋子，在角落里翻到一个精美的礼品包装盒，打开，里面竟然是超好看的带钻手链。我问白大狗，这是不是打算偷偷送给小三的礼物，白大狗挠了挠头，尴尬地说："这是我去年想送给你的，但是不小心忘了这件事。"

我仔细端详着布满灰尘的包装外壳，赫然发现一只巨型蜘蛛正在上面结网。

我："还好，赶在五十年金婚之前发现了这个礼物。"

他："在此提前预祝我们金婚快乐。"

快乐个大头鬼啦！

≡

# 15.假王者，真荣耀

## 001

我最开始和白大狗在一起的时候，他说健身圈的人都很重视睡眠，所以非常神奇的是，尽管他是超级爱玩的性格，但如果没有特殊事情，他一定准时入睡，保持老年作息。我和他正好相反，在我的世界里，晚上是难得的属于自己的时间，看书、看剧、逛街，不到零点绝不休息。

在很长一段时间里，他对我这种"熬夜怪"始终保持绝对批判的态度，苦口婆心地要求我改邪归正，早睡早起。

终于有一天，我发现自己的睡眠时间已经和他保持一致，因为他被我同化了，他每晚也是零点才睡。

一个反杀失败的典型案例。

## 002

游戏对他来说，是一种可以取代"性"的事物。

有一次他充满情趣地和我说："你有没有觉得隔壁装修影响到了我们休息？"

我满脸问号："隔壁在装修？我完全没有听到啊。"

他一脸坏笑，接着说："不如今晚我们去宾馆开房睡吧，睡眠可是大事。"

我不置可否。

晚上，我被他拉到宾馆，我和他提议，不如我们先玩一局《王者荣耀》再做别的，看他摇头，我再三强调，只玩一局，一局就好。

结果，那天晚上我们推了一整夜的塔，连做梦都在对战。

## 003

《王者荣耀》这个游戏，是他拉我入坑的。

最开始进入游戏，我连自己是谁都找不到，于是他手把手教我，怎样隐藏，怎样进攻，怎样搭配装备，但我还是笨笨的，不知所云。

有一天他突然问我："为什么你从来都不杀身边的小兵

呢？小兵战斗力很强的。"

我说："啊？这个也要杀掉吗？我觉得他们萌萌的，很可爱。"

他一脸无奈。

## 004

他经常写错别字。有一次我和他去一家小饭馆吃饭，店家要求客人把自己想吃的东西写到便签上。

于是我看到他写：春饼、京酱肉丝、扎皮……

我提醒他："你这是想扎谁的皮，应该是啤酒的啤才对。"

他猛然醒悟，划掉，然后写了个"扎碑"。

我默默支头，好吧，你爱扎什么就扎什么吧，别扎我就行。

## 005

有一次路过动漫城，几个小朋友正和门前的变形金刚合影。他一脸神秘地和我说："你是不是背着我有了自己的产业？"

"哈？"

他："你看这牌子上写着，白之恋人动漫城。"

"哦……"

## 006

白大狗是一个热情过度的人。

我和他说，我计划学滑旱冰，他表示绝对支持，当晚就给我买了轮滑鞋，还毛遂自荐当我的老师。

虽然我没见他滑过旱冰，但是看到他自信满满的样子，还是决定由他来带我入门。

第二天，我们找到一个宽敞的场地，他给我介绍了半个小时的理论知识，最后说，你看，根据我刚才说的要点，用我这样的姿势来滑，可以保证不摔跤。

刚说完，他就仰面八叉地摔了个结结实实。

我问："有没有摔伤？要不要去医院？"

他说："没事，刚才只是错误示范，咱们再来一次，这次按照课程视频来。"

哼！原谅你的表现欲。

## 007

玩《王者荣耀》的时候，他喜欢使用"亚瑟"这种肉盾型的英雄，每次都冲在前面，保护其他人，而我最喜欢用的角色却是"鲁班七号"，走路蹦蹦跳跳，像个小学生。

有一次我突发奇想，打算试试玩"亚瑟"的感觉，结果那一局，"我"死得好惨，本来亚瑟该起的防御作用，完全失效。

他一直发指令"保护我方亚瑟"，惨遭队友群嘲："第一次听说亚瑟也需要被保护……"

他回："因为亚瑟是我媳妇儿。"

## 008

有一段时间，我减肥颇有成效，高兴的同时也难免忧伤，我和他说："虽然体重掉下来了，但是每天饿得头昏眼花，反应速度变慢，大脑有点儿不够用。"

他回："说明别人减肥是脂肪缩水，你减肥是大脑缩水。"

说完，惨遭家暴。

## 009

虽然他平时大大咧咧的，但是对自己的形象还是很在意的。有一次我和他冷战，他七个不服八个不忿地坐在地上玩手机，一脸等待被哄的傲娇表情。

我："你现在这个坐姿好像一只没吃饱饭的青蛙。"

他瞬间从愤怒的状态中抽离，快速调整了一个姿势，然后问："现在呢？不像了吧。"

我点点头："现在好多了。"

他听我说完，继续回到不服不忿的状态，再次等待被哄。

## 010

玩游戏，我喜欢的"鲁班七号"角色被别的队友抢走，等待加载的时间，我问那人："你会玩'鲁班七号'吗？"那人答："我大招很厉害。"

然而神奇的是，他全程都在发那种远程的迫击炮。更神奇的是，他一直都没走动，乖乖地站在我们自己的塔下。

一局结束，果断举报。

白大狗说："怎么会有这么笨的'鲁班七号'。"

我回："比你笨吗？"

白大狗："没你笨。"

明明是毫无意义的对话，竟让我记忆犹新。我想起钱锺书说，洗一个澡，看一朵花，吃一顿饭，假使你觉得快活，并非全因澡洗得干净，花开得好，或者食物符合你的口味，主要是因为你心上无所挂碍。

## 011

我和他去逛街。路上，他鞋带开了，于是蹲下系好鞋带。我伸手要拉他起来，结果他把手交叉在头顶，乐呵呵地朝我笑。

"你在干吗？"我问他。

"我在开花。"

那种可爱又健康的笑容，让我想起有一次他出差，在外地，他忽然打电话给我："我给你买了个东西，快递公司说已经到楼下了，联系不上你。"

我问："那我现在下楼拿吗？"

他回："是的。"

下楼，我看到他的傻笑，惊喜万分，跑上前用力拥抱。

<h2 style="text-align:center">012</h2>

我见过很多男生，玩游戏的时候，无论队友是朋友还是恋人，只要感觉自己被拖累了，就会大发雷霆，比如破口大骂，甚至摔门而出。但是，白大狗却从来没有因为玩游戏和我发过脾气。

有一次打《王者荣耀》的时候，我不在状态，开局五分钟死了三四次，死到第六次的时候，我正不自量力地一个人推塔。

这时候已经有队友开始对我语言攻击了，我也觉得无比自责，而且我知道，按照白大狗的脾气，他应该很难忍受了。

结果他一开口，我却听见他和我说："回家吧，傻媳妇儿，回水晶那里。"声音充满温柔与平和，毫无暴躁或压抑。

"你是不是在游戏方面已经放弃我了，所以连骂都懒得骂了……"

"游戏很重要，但是和你相比，还是你更重要。"

或许大多数人都并非是生活的王者，不是高富帅也没有身骑白马脚踩祥云，但是我始终坚信，不是王者也依然可以有属于自己的荣耀。那些闪光的刹那，对我们而言，就像平凡生活中的英雄梦想。

不是因为完美和强大才被你吸引，在我眼里，你的缺点与平凡同样令人喜欢。

≡

## 16.天地浩大，以你为家

### 001

路灯亮起来的时候，我们正路过一家小小的书店。雾气很重，我拉他坐进书店的一角。

"臭阳阳，你听。"臭阳阳是他的绰号。

"什么？"

"背景音乐是刀郎的歌，好像突然回到了很久以前。上初中的时候，学校门口的零食店每天都会放这首歌。"

"是啊，我以前也听过，但是为什么今天觉得这么好听呢。"

暖气很足，我和白大狗坐在长凳上，努力辨认歌词：

*爱到什么时候 / 爱到天长地久*

*两个相爱的人 / 一直到迟暮时候*

*我牵着你的手 / 我牵着你到白头*

*牵到地老天荒 / 看手心里的温柔*

"这歌词听着让人好害羞，我要看书了。"我低下头自顾自地看书。

"好啊，我陪你。"

一小时后。

白大狗："我去开车，五分钟后你在门口等我。"

我："嗯。"

我走到书店门口，外面的雾气更重了，四处环顾，却不见白大狗的身影。

"我在这里。"一双手从身后环抱过来："走吧，跟我回家。"

## 002

吃完晚饭，我和白大狗下楼买水果。原本不打算买很多，可他四处转了转，又买了一个超级大的西瓜。

白大狗："你晚上有事吗？没事的话，咱们散散步再回去吧。"

我："提着这三大兜水果和一个大西瓜散步？"

白大狗："把你那一袋拿过来，我一个人提着。"

我们一路上漫无目的地逛着，走到僻静处，他突然一把将我抱住。

我："嗯？"鼻子被压瘪了，感觉快喘不过气来了。

白大狗："好久没正式地抱着你了。"

我："这个也分正式和非正式吗？"

白大狗："分。"

路灯照着两张傻笑的脸，公交车缓缓从街道经过。远处是人群和生活，更远的地方是连绵的夜色，除此之外再没有其他的声音，除了那句"喜欢你"，他用唇语和我说。

## 003

某一天下午我突发奇想，决定和白大狗混入附近的大学看书。

我们坐在阶梯教室的后排，我问他："你喜欢这里么？"

他不置可否，只是拿出耳机神秘兮兮地说："先陪我听会儿歌。"

我和他趴在桌上，一人一个耳机塞，然后大眼瞪小眼地笑看对方。

"觉不觉得光线太强？"他一边说着一边将备用的外套盖到我俩头上。

黑暗中，我看到他的眼睛在发光，竟然不自觉地将手抚上他的脸庞。

"我爱你。"我用小小的声音和他说。

他没有立刻回应，而是抓住我的手背故意用胡须刺了我一下："我想抓住你，永远不放。"

回家的路上，天已经黑了，举目遥望，可以看到星斗密布的夜空。

"今晚星星可真多。"白大狗淡淡地说。

"是啊。"

"你冷吗？让我抱抱你。"

好暖，原本是不冷的，可是这一刻，却不想从你的怀抱中离开。爱到最后，就是贪恋这一点儿暖意吧。

"臭阳阳。"

"嗯？"

"我要和你在一起。"

"傻瓜。"

"一生一世。"

"一生一世。"

## 004

有一次我看书的时候，他坐到我身旁毛手毛脚地捏我耳朵，于是我抓住他胳膊猛咬一口。

"我去，属狗的啊。"

"不是。"

"伸出手来。"

"嗯。"我默默在心里说，你想咬就咬吧，只要别打扰我，然后继续低头看书，只把左手伸出去，任他处置。

我手心突然一凉。

"刚给你剥的橘子，吃了吧。"

"唔。"

我想到这一段时间，他明明有自己的事业，可我每次遇到工作上的琐事，哪怕是最基础的测试或接待，让他帮忙他都不会推辞。

"白大狗，我……"

"？"

"我爱你。"

## 005

某一天，我和他出去看《金刚狼》电影首映，看到苍老的金刚狼处处被虐，我忍不住在角落里偷偷掉眼泪。

回家的路上，我和白大狗说："如果有一天我们都老糊涂了，该怎么办？我不想像电影主角一样，那么弱小，那么无力。"

白大狗认真地看了看我，没有说话。许久，他拿出手机："今天我收到一条发错了的短信，给你看看。"

我接过来，短信内容是这样的："桃子哥，你好好准备考试，不管你考得怎么样，我都会在这所大学等着你。"

白大狗也傻傻地回了一句："姑娘你发错了，不想让你等不到回复伤心，我觉得等你桃子哥看到短信，肯定会为了你努力。"

姑娘回复："谢谢你，我真的很想和他在一起。"

白大狗拿回手机拍了拍我的头："你看，现在就有很多美好的事情正在发生，不要想那么长远的未来。你不是最喜欢春天吗，过来，我背着你，感受一下这个春天。"

"嗯。"我跳上他的后背，紧紧抱住。绿灯倒映在雨后的路面，周身是洗净尘土后的草木清香。

我忽而想起一首古诗，觉得如果能这样，能这样隐秘地生活一辈子，就已经很好了。


春苑月裴回，竹堂侵夜开。

惊鸟排林度，风花隔水来。


## 006

有一天吃完饭看电视的时候，我问白大狗："如果让你写一集电视剧，你会怎么写？"

白大狗说："我要写一对儿猛男猛女，两个人惺惺相惜的故事。"

然后，他就开始口述这样一段伟大的爱情传奇。

有一天，一个猛男和一个猛女相遇了。

猛女："哥呀，我想跟你念叨个事儿！"

猛男："你干啥？说！"

猛女："我稀罕你！"

猛男："哎呀妈呀！真的假的？"

猛女："咋的咧？你不乐意是不？"

猛男："哪能啊！我也老稀罕你了！贼稀罕！"

猛女："咋这么坏呢，把人家整得老害羞了！"

猛男："害羞个啥啊？来，嘴儿一个！"

猛女："好嘞！"

从此，两个人幸福地生活在一起。

## 007

某一天傍晚，我和白大狗一起给他的朋友庆祝生日。一群人吃吃喝喝过后，有人提议玩几局狼人杀游戏。

白大狗很喜欢操控大局，所以他当仁不让地当了法官，主持这个游戏。

很幸运地，我抽中了其中一个身份——女巫。

我闭着眼听着白大狗坐到邻座，不紧不慢地说着游戏词。

"天黑请闭眼……狼人请睁眼……狼人请杀人……"

凡是被提到的角色需要睁眼做任务，而没被提到的角色则要继续闭着眼。

终于到了"女巫请睁眼"的时候，我睁开眼朝白大狗笑了笑。

场上其他人依然紧闭双眼，白大狗不声不响地大胆俯下身，用力亲了我一口。

我似乎已经不会害羞了，只是在一瞬间过后心跳加速。

"女巫，你有一颗毒药要不要用？"

我摇头。

"你有一颗解药要不要用？"

继续摇头，不要用。

因为你就是我的解药，可我舍不得用。

## 008

我正在认真看书的时候，白大狗突然回家，推门而入。

我还没来得及抬头，就觉得一条手臂搭到了脖子上。

白大狗："老婆，想我了不？都一整天没见了。"

我："呆瓜才想你呢。"

他没再说话，默默掏出一根烟。

我顺势从侧面抱住他的腰："不过，我就是那个想你的呆瓜。"

"这还差不多。"白大狗说完，从他口袋里掏出几块软糖："想要吗？"

我："不想。"

他："那你想要什么？以后我给你买。"

想要用尽全力却又小心翼翼地珍藏着彼此的一切。

想要赶在明日来临之前疯狂地认真地沉沦。

想要奔赴远方，在山和水的彼端寻到温暖的归处。

春风正好，春夜迷人，我爱你。

## 009

周末清晨，我迷迷糊糊地睁开眼，看到白大狗正侧身躺着朝我抿嘴一笑。

我："这么好的天气，你应该看书的，怎么总是看我？"

他没有回话，只是伸出手指敲了敲我心脏的位置："咚！咚！咚！有人在吗？快给老子开门！"

我："烂梗王。"

他："没人在的话，我就直接闯进去了！先住个一二百年。"

我："你走开。"

他："这么温柔还想赶我走？"

我："那你滚开。"

他："滚就滚。"说完，他翻滚到了床脚，做出一个"doge"的表情。

## 010

某一次，我和白大狗聊了聊前一晚的"惊魂一幕"。

我："你知道吗？昨天我好害怕，半夜听到你像梦游一样砸了一下床，整个人都被你震醒了。"

白大狗："我没梦游，砸床的时候我很清醒。"

我："唔，那你到底是发什么神经？"

白大狗皱着眉头说："因为我梦见你被一个人渣欺负了，我好不容易堵住那小子，刚想揍他就醒过来了，气得我……"

我忍不住想笑。

白大狗："我是认真的，真的气炸了！"

我忽然想起之前和他去游乐场，当时我们还没有真正在一起。

坐在摩天轮上，我颤抖着不敢向下看。

白大狗："可以睁开眼了，现在是最高点，再转就会越来越低。"

我："嗯。"

白大狗："我知道你已经喜欢我了。明明这么怕高，还愿意跟我一起上来。"

我故意嘴硬："谁说的，别随便脑补。"

白大狗："我也爱你。"

我："知道。"

他："我是认真的。"

和现在几乎一样的表情，他执着起来像个无邪的孩子。

回忆结束，我却发现自己像之前一样依然不知道怎样回应他的认真，只好笑笑，紧紧地抱住他："不过是一个梦，怎么会那么笨……"

窗外是无边的春夜。

"其实我也是认真的，认真地爱着你。"

## 011

我晚上回家的时候，白大狗正在阳台上喝红酒，边喝边打电话。

又是城市中普通的一天，夜幕降临不代表结束，只是新循环的开始。

没等他挂断电话，我轻轻从身后抱住他。

"怎么了？"他转身收好手机。

"没事，我也想喝酒。"我一边说一边从他手中拿过喝剩的半杯酒。

"你知不知道这是一种间接接吻？"白大狗挑着眉看我。

"才不是呢。"我故意朝他吐出一丝哈气。

"刚才我看着窗外的万家灯火，忽然想到我们的以后。我希望不管走多远，不管发生什么，当我想要回家的时候，都是你在橘黄色的灯光里等着我。"

"嗯。"我低下头。

"怎么哭了？"

"可是我只是这城市中普通的一员，没有很多的钱，也看不到很多的希望，从贫穷的地方一路走到现在，但还是远远不够。"

"你希望过上怎样的生活？"他捧住我的脸认真地问。

"我不知道，只是有时候会觉得无论在工作还是在生活上，我都是个不上不下的人。无论我多么努力，我都没办法变得更优秀。我想实现梦想，我想和你过上更好的生活，可我似乎根本做不到。"

"你看楼下经过的每一个人，他们都有自己的心愿和信仰。还记得你说过的话吗？哪怕再平凡的生命，都在努力追寻自己的幸福。这个世界不会为所有的梦想买单，可无论你之后会经历什么，我都愿陪你一起走下去。对我来说，有你在，才是我最好的未来。"

"嗯。"

≡

## 17.神奇的脑回路

### 001

我从小睡觉习惯不太好，各种打滚，各种蹬被子。某一天早晨睡醒的时候，我发现我把脚踩在了白大狗身上，而白大狗的脚正紧贴着我的脸。

白大狗揉了揉眼说："我昨晚梦见自己用脚揉面，揉了一晚上……"

我把他的脚从鼻子附近移开："怎么？不爽吗？我梦见被人强迫闻猫屎，想逃也逃不走！"

## 002

我真的很难配合好白大狗的情趣。

比如白大狗说："话说有两头猪，第一头名叫'你爱我'，第二头名叫'我爱你'，如果第一头'你爱我'死了，剩下的那头是什么？"

我回："是猪啊。"

白大狗："……"

他一计不成又生一计："那玩个游戏好了。我说成语，你说中间的两个字。"

我："好。"

白大狗："一丝不苟。"

我："丝不。"

白大狗："亲亲我我。"

我："是卿卿我我，那个字念qīng不念qīn！"

白大狗："……"

白大狗："推墙反过来是什么？"

我："强推啊，怎么了？"

白大狗："你知道强推是什么意思不？"

我："基本能猜到。所以呢？"

白大狗："我现在想强推你。"

我娇羞地说了个"嗯"，然后打打闹闹的时候一不小心把他推翻在地,四脚朝天。

## 003

某一天,我洗完澡走出浴室,原本温度正常的房间,感觉瞬间变成了冰窟。

我:"冻死啦,把空调温度调高一点儿吧。"

白大狗无动于衷:"你真的很冷吗?"

我没再接话,但是心里已经给他判了重罪:终究是个自大的人,完全不会考虑他人的感受……

正这样想着,一双手从背后环绕过来:"我就是想亲自帮你取暖。"

神经病啦!

## 004

某一段时间,网上流行小号试探男友,从现在的角度看,这样做有点儿幼稚。

不过,当时也算是患得患失吧,我伪造了一个性感女神的微信号,时不时撩他一下。果然,他上钩了,每天晚上不仅聊到凌晨两点,而且是辣眼睛的十八禁内容。

因为那段时间我恰好在外地出差,所以脾气没有立刻发作,不想通过打电话之类的远程方式解决这类原则问题。

出差回来后，我第一时间约他见面。我故作轻松地单手支头，把微信的截屏放在他面前晃来晃去，等着他给我解释。

他无比镇定地笑了一下："我早就知道是你了，不戳穿你，是因为我很享受你在骗我的时候假装驯服的样子。"

听他这样说，我得到一点儿心理安慰，但还是不肯轻易放过："我才不信呢。别以为你反应速度很快，就能随口编个理由骗我。"

白大狗打开微信给我看，他对那个账号的备注是我的名字。

我问："你怎么猜到是我？"

他："你见过哪个女神，前一句还装腔作势地发嗲，后一句就回'麻烦你滚犊子哦'，不是加个'哦'就能代表温柔。"

## 005

刚到杭州的时候，我临时居住在朋友家的老宅，那是一幢看上去已经有几百岁的旧楼。

每一层的楼道都有一个巨大的、直通外墙的开口，没安窗户，也没有任何遮挡物，看上去很容易坠楼。

某一天夜里，断水断电，我无比狼狈地蜷缩在床上思考接下来的日程。

不远处隐约传来诡异的哭声以及断断续续的脚步声，我联想起曾在楼道看到的某些类似唐装的衣物，内心陡然生出丝丝恐惧。

那时候我和白大狗对未来的规划并不一致，所以冲动之下，我自己一个人来到杭州。

忽然一个电话打进来，刺耳的铃声让我差点儿摔掉手机。

"你好！"惊魂未定，我几乎是带着颤音在说这两个字。

"别怕，看到你这里今天停电，所以我已经在你门外了。"

"白……"

"半个月没见，想你了。"

## 006

有一天，我和他讨论起人生目标。

我一本正经地问："你希望成为一个怎样的人？"

他想了想说："我希望可以在有生之年，让这个美好的世界做出一些小小的改变。"

我突然有点儿感动，没想到这个大大咧咧的家伙也有这么高远的志向。

我深情地抱住他："你打算怎么做？"

他深吸一口气，然后呼出来，说："就像现在，我改变了这个世界的空气成分。"

我默默走开。

## 007

某一天，我们一起去海洋公园，看完海豚表演，人们排队与海豚合影，我对他说："天啊，这只海豚好可爱，拍照的时候还会摆pose，比如蹭着人的头，摸着人的肩膀。"

他点头称是："对啊，和你一样。"

我："你是说我像海豚？哪里和我一样？"

他："和你一样胖胖的。"

每次他用真诚的赞美的语气说一件并不值得骄傲的事，我就想暴打他。

## 008

白大狗喜欢听流于形式的祝福和夸奖，比如节日问候，对他来说这是能为生活带来仪式感的必修事项，不仅自己很看重，也期待别人重视。

于是，在愚人节的时候，我给他发微信："节日快乐，这是属于你一个人的节日。"

他想了很久才明白这是什么意思，然后回："过几天是清明节，那一天别祝我节日快乐就好。"

## 009

我衣服上掉了一颗纽扣，太懒，不想扔到垃圾箱，于是我对白大狗说："给你一个礼物。"

他一脸惊喜地伸出手。

我把纽扣放到他手心，这呆子笑呵呵地说会仔细收藏，然后不知道跑去了什么地方。

就这样过了两个月。某一天，我在沙发下面翻到一个特别小的脏兮兮的兔子玩偶，于是故技重施，又把兔子送给白大狗。

这一次他依然是一脸开心地收下了，迈着两条长腿，大步离开房间。我悄悄地用视线尾随着他的脚步，我发现他把兔子放进了一个收纳箱。

意识到我在看他，他隔着很远大声和我说："上次你送我的纽扣我还留着呢！"

我回："其实都是残次品，可以扔掉啦。"

他说："我觉得还不错啊。"

哼，真是呆子。

## 010

冬天，我和他站在冰冷的室外，每次呼吸都会雾化成白茫茫的一片。他看我口吐白气，突然问我："如果这个时候有人肠胃不好，肚子里有些胀气，然后不小心放了个……"

我打住他："别说这么恶心的词。"

他想了想，接着说："如果有人突然放了一阵硫化氢……"

我憋笑："然后呢？"

他："会不会也是一阵白气？"

忍不住想了想那个画面，我竟无语凝噎。


## 011

有一阵子流行壁咚。在浪漫方面，他从来都不甘落后，于是在长达半个月的时间里，他都会找各种机会壁咚我。当然，这种强行壁咚一般不会来电或者产生化学反应，而是彼此对视着眨眨眼，然后突然爆笑到肚子疼。

有一天我和他走在路上，我正感慨阳光明媚万里无云，他突然把我壁咚到旁边的门上。

我呼吸着他头上香香的洗发水味道，有一种荷尔蒙爆炸的错觉。

"不知道为什么，今天对你竟然有点儿心动。"我捂着脸和他说。

他还没来得及回话，旁边的超市老板凑过来："能不能换个地方心动？你们堵着半个门，我没法做生意。"

尴尬至极。

## 012

某一天他说："如果我是绿豆，那你是什么？"

我："这算是什么问题？好吧，我不知道。"

他："答案是……你是王八。因为王八看绿豆，对上眼了。"

我："算了，我更相信我是红豆，因为红配绿，赛狗屁。"

他："那我是王八好不好？我是王八吃秤砣，铁了心地喜欢你。"

我："……"

虽然我经常不能忍受这些神奇的脑回路，但所有的玩笑背后都带着潜意识里的认真。

"我也喜欢你，一如约定。"

≡

## 18.天使一米八

### 001

晚上，倚靠在白大狗身旁，我边玩手机边和他闲聊。

白大狗问："你经历过哪些印象很深刻的事？"

我回："三年前的夏天，我和一个很优秀的男性朋友出差办事，然后入驻相邻的酒店房间。深夜无聊，我打开约会软件写测评稿，结果发现，距离我五米有另外一个账号在线。原来是他，资料里是一些不堪入目的图文。"

白大狗："后来呢？"

我："后来，我快速退出并删除了软件。因为我发现，不去知道很多秘密其实也挺好的。你呢，你有什么印象深刻的经历？"

白大狗："没有。"

我："不坦诚。"

白大狗："真的。过去那些没有你在的故事，我好像全都失去记忆了。可是和你相关的一切，却全都像刚刚发生过一样。"

我："比如呢？"

白大狗："比如去年夏天，你脚踝上被蚊子咬了好多包，我就把烟当成蚊香，一边抽，一边朝你脚踝上吐烟圈。"

我忍不住笑他："那是你傻。"

白大狗："再比如，我第一次看到你睡觉，小小的一团，侧着身子蜷缩着，你没有安全感的样子看上去很可怜。"

我："哪有你说得那么可怜。"

白大狗："但是现在你却像个树懒一样，睡觉的时候一定要挂在我脖子上。"

我："啊？我怎么没注意，现在我已经这样了吗？"

白大狗："好了，我说完了。你有想对我说的吗？"

我笑道："没有！"

其实是有的，只是不想当面和你讲，因为那一刻我想起茨维塔耶娃的诗：

我想和你一起生活，

在某个小镇，

共享无尽的黄昏，

和绵绵不绝的钟声。

在这个小镇的旅店里，

古老时钟敲出的微弱响声，

像时间轻轻滴落。

有时候，在黄昏，自顶楼某个房间传来笛声，

吹笛者倚着窗牖，

而窗口大朵郁金香。

此刻你若不爱我，我也不会在意。

## 002

项目到了收尾阶段，我又一次变成了"半脑人"，只有一半的脑子用于日常生活，即使我在家，也有半个脑子处于工作状态。

某一天中午。

白大狗："午饭时间到了，吃饭了吗？"

我："吃了。"

白大狗："吃的什么？"

我："饭。"

当天傍晚。

白大狗："再过两个小时我就回家了，想我了吗？"

我："嗯。"

白大狗："说爱我。"

我："爱我。"

白大狗："说爱你。"

我："爱你。"

后来项目终于完成，我还遭受了几天的后遗症，比如和白大狗一起看剧，看到一个不良镜头，吓得我赶紧一只手捂住自己的眼，一只手帮白大狗捂上眼。

我："这个少儿不宜。"

白大狗："但是我们已经成年了啊。"

我："也对，我忘了……"

## 003

晚上我们出门，等红灯的时候，我看着车流噘着嘴发呆。

白大狗低头亲了我一下，好痛，被他忘记剃掉的胡须扎到了。

我："一噘嘴你就亲，那我要是打个哈欠呢？"

白大狗："那就给你这只猴子喂一根大香蕉呗。"

回到家，我像田螺姑娘一样把各种脏衣服塞到洗衣机。

嗯，一个比较懒的田螺姑娘。

因为晚饭吃得不多，没多久，我就觉得肚子空空的。

白大狗情商突然降低，跑过来和我说："看你晚上没怎么吃东西，现在肯定饿了吧？"

我："对啊。"

白大狗："哈哈，冰箱里就这么一块蛋糕了，很甜。"说完，他吃下最后一口。

我："哦……快去旁边享用吧。"

然后，白大狗真的就走开了。

十五分钟后，我终于把里里外外的衣服洗干净晾好。

白大狗从门口探出一个脑袋："洗好了？"

我其实是不开心的，所以故意怼他："是的，洗好了，接下来需要我帮你捶背吗？"

白大狗："可以啊，来吧。"

我一边说一边往外走："捶你个头啊。"

客厅的桌子上摆放着两大袋零食和一盘切好的水果沙拉。

白大狗："刚才去楼下给你买的。"

我："你是我的天使！"

白大狗，一个入职门槛很低的天使。

## 004

某一天吃完饭忽然口渴，当时我急着处理工作，白大狗自告奋勇地端水喂我喝，结果一不小心我被呛到了。

他放下水杯慌忙拍打我后背，我忍住咳嗽告诉他不用担心。

白大狗确定我没问题之后严肃地和我说："我突然发现了一个秘密。"

我："嗯？"

白大狗："你咳嗽的声音和有人发'好友请求'的声音一模一样！"

"……"

我无比郁闷，独自跑到另一个房间看书，结果关门的时候没注意，把门锁也带上了。

果然，十分钟后白大狗跑过来敲门。

因为不想被他打扰，我假装没听到，故作淡定。过了大概四十分钟，书看得差不多了，我决定开门洗漱。

白大狗问："刚才你怎么不开门呢？"

我回："啊？刚才是你敲门吗？我还以为是好友上线了。"

白大狗彻底吃瘪了，嘿嘿一笑，然后抓住我的手："过来，给你个礼物。"

房间里黑漆漆的，没有开灯。

我："你不会又要做什么三俗的举动吧？"

白大狗认真地说："这次真不是？"

他一边说，一边按了一下桌子上的什么按钮，紫蓝色的光芒如同垂落的相思的意念，轻灵地游动在墙壁上。那个瞬间，房间里仿佛盛放了整个星空。

借着光芒我才看清，桌子上放的是一个小小的星象仪。

白大狗："喜欢吗？"

我："喜欢，不过我好想把星象仪拆开，看看里面到底是怎么运作的。"

白大狗无语了三秒钟："等会儿再拆。"

我默默放下星象仪："好吧……"

白大狗深情地抱住我："知道你现在在哪里吗？"

我："知道啊，在地球。"

白大狗："不对。"

我："嗯？"

白大狗："现在你在我心里。"

我："我在你心里，你心脏在你身体里，你身体在地球上，所以我在地球上，没毛病吧？"

白大狗："没……毛病，不铺垫了，过来让我亲一口。"

我："哦。"

## 005

我可能又要胖三斤了。刚才吃完晚饭，我又吃了一袋鸡味卷，喝了一瓶发酵乳。

正吃得开心的时候，白大狗坐到我身旁，单手支头，默默地说："这辈子可真短。"

嗯？我摸了摸他的额头，确定他没有发烧。

他继续说："这被子可真短，短得盖不住脚，得换一床大的。"

我默默地看着他，他则是一脸坏笑。

"你故意的？又是哪里来的烂梗？"

也许是因为距离太近，四目相对的瞬间，我突然有点儿脸红。

白大狗："你是不是对我来电了？"

我："别自恋了。"

白大狗掏出手机："嗯，确实没有，不然总该有来电提示吧？"

我："又耍我。"

白大狗："不是我耍你，是你笨。"

我："我笨？今天是谁想踩路边的狗屎，说这样就能走狗屎运。"

白大狗："我就在上面虚晃一下，哪敢踩啊，踩了你就有理由赶我出门了。"

我："别把自己说得那么可怜，不是你主动想要离家出走吗？"

白大狗："我怎么不记得？"

我："就是我买了几根黄瓜回来，你和我说，你吃醋了，要离家出走。"

白大狗："嗯，就是怕你对黄瓜的爱超过我，毕竟你那么爱吃黄瓜炒蛋。"

我默默扶额。

## 006

吃完晚饭，我和白大狗一起看美剧，白大狗忽然闷哼了一声："下午打球打得太猛了，肩膀后面有点儿疼。"

"我看看。"我将手指放在他肩胛周围点了一下，问他："是这儿吗？"

白大狗："是，帮我揉揉好吗。"

想到他平时对我照料有加，本着一颗感恩的心，我对他说："来，趴好。"

隔着T恤衫，我各种按捏，但总觉得使不上劲儿。两分钟后，我决定脱掉他的衣服。

白大狗故意装出一副惊恐的样子："你要干吗？我来这儿只做按摩，不干别的。"

我没理他，仔细看了看他的右侧肩膀，确实有一道红印，应该是被手肘撞的。

我："白大狗，新发现！"

白大狗："什么？"

我："你翅膀根儿这里发红，你要长翅膀了！"

白大狗："所以，你现在才知道我是天使？"

我："嗯，知道得有点儿晚，但是没关系，不影响你上天，你快上天吧。"

白大狗："上什么天，上天不如上……"

我打断他："喂！又要耍流氓？"

白大狗："上天不如上网，有问题吗？"

我："当我没说。"

## 007

某一天下午，白大狗不在，我一个人去湖边转了转。阳光从锦簇的花叶中落下，松鼠不紧不慢地觅食。

我坐在青石板凳上，望着湖面发呆。

湖水很香，暖风吹过身体的片刻，背后仿佛生出了翅膀。

我拍了照片，用微信发送给白大狗："白大狗你看，所有的花都开了。"

白大狗秒回:"嗯,确实很美。"

我放下手机,几分钟后收到一条新消息:"对我来说,你也一样。"

我有那么美吗?我很普通,普通到常常会有点儿自卑。

我以前也问过白大狗:"你到底喜欢我什么?我一直觉得满是缺点弱弱的我,根本就不够好,配不上你的喜欢。"

他从来都不会回应,只会冷不丁丢下一句:"王八看绿豆,对上眼了呗。"

我没有背景,只是一个从贫困的村子里走出来的普通人。我也没有颜值,每次拍完照片仔细看看,对自己的评价一直是"不过如此"。

和完美根本不相关的我,真的可以被他喜欢一辈子吗?

没有答案,只好默默地坐着,想着,向湖面打着水漂,直到忘记时间。

忽然,身后有一双手温柔地盖住我的双眼,一双温热的熟悉的手。

"你怎么来了?"我拿下他的手,亲了一口。

"不可以吗?下午这么好,我就是很想很想和你一起度过。"

"嗯。"

花不会不凋零，我不会不爱你，这一生非你不可。

## 008

有一天我和白大狗出去玩，超级开心，胃口也在连日的食欲不振后慢慢打开了。

傍晚，我吃了贡丸、墨鱼丸、章鱼丸、咖喱鱼丸，感觉就差"樟脑丸"没尝过了，所以没怎么吃晚饭。结果到了晚上八点多的时候，我肚子又饿了。

我正好看书看到沉迷，于是弱弱地求助白大狗："那个……姓白的，能不能帮我把那两颗草莓拿过来？"

白大狗："喂！让我办事儿还不叫声好听的。"

我："嗯，白大哥。"

白大狗："不好听。"

我："白大爷。"

白大狗："不好听。"

我："那算了。"

白大狗："既然这样，我就不伺候你了。"

十分钟过去了，白大狗那边也没动静，我继续沉迷看书，无法自拔。

大约又过了二十分钟，我听到房门在响，果然是白大狗。

我："你出门了？"

白大狗："对啊。"

我："是离家出走了半小时吗？"

白大狗："对，离家出走的同时，给你买了两颗草莓，卖草莓的还顺便送了我一块蛋糕。"

然后，我看到他手里拿着一个足够吃三顿的生日蛋糕，尽管当天并不是我生日。

我立刻做出乖巧状："谢谢老公。"

白大狗："你真正想感谢的是蛋糕吧。"

见到吃的就失去尊严，是的，"白大天使"再一次给我惊喜。

## 009

傍晚，我睡了一会儿，身上被蚊子咬了好多个大包。

我问白大狗："屋子里是不是有只毒蚊子，现在我全身都痒到抓狂。"

白大狗伸出手臂："有多痒？能不能坚持住？不能的话，我把这条胳膊贡献出来，你随便咬。"

我："我又不是小狗，咬你胳膊做什么？而且，电视剧里面好像只有生宝宝的时候才会咬胳膊的吧？"

白大狗："有道理。说到生孩子，为啥你肚子不见动静呢？"

我默默流汗："最近我好像真的怀孕了，每天都困得不行。"

白大狗："什么？赶快给我打掉！"

我："你是渣男吗，让我打胎！"

白大狗："我去，我听说怀孕很辛苦，怕你受罪。那样的话，我宁肯打掉，我不要了！"

我："傻瓜逻辑。"

白大狗："过来，趴在这儿。"

我看他拿了一小瓶不明液体，弱弱地问："你要干吗？"

白大狗："你说呢？"

我："？"

白大狗："当然是给你抹风油精了，这样蚊子就不敢靠近你了。"

我："嗯。"

他全程没有抬头，认真的样子就像路边给手机贴膜的男孩。

他："有时候，我觉得你一点儿都不会照顾自己，如果你始终这样，我们还是离婚好了。"

我："离就离，反正还没结婚呢。"

他："也对，那我们去结婚吧！"

## 010

暮色四合，我和白大狗去附近的餐馆吃饭。餐后返家的途中，夜色渐深，风一吹就落起了雨。

我和白大狗躲到树下，往来的行人打着伞匆匆路过。

白大狗笑着俯视我，轻轻捏了捏我的脸："前两天刚刚立夏，夏天到了。"

我从小在北方长大，觉得夏天是热烈又绝望的季节，因为过了这短短的喧闹的一季，就是萧索的秋冬了。

细碎的花瓣落到他的眉梢，我用力踮起脚，靠近它，将它吹落。

白大狗："是什么？"

我："花瓣。"

白大狗："完了，看来这拈花惹草的名头，我是抹不掉了。"

我："你别招蜂引蝶就好，免得被蜜蜂蛰一头包。"

白大狗："我招不招蜜蜂不知道，但是你招蚊子。"

被他一提醒，我感觉身上的蚊子包又开始发痒了，于是我试着反手抓后背。

白大狗将我拉到远离车行道的一侧："你是不是又痒了？"

我："不是，就是牙痒。"

白大狗："什么意思？"

我抓住他胳膊轻轻咬了一口："只有咬你才能缓解。"

白大狗傻乐："行，到家之后让你咬。"

我："我又不想了。"

树叶上的雨滴落到他的鬓角，他像小狗一样摇摇头，把雨水甩掉。

"果然像呆子。"

他露出白白的牙齿笑着，望着我，没再说话。

四目相对的瞬间，却有莫名的迷惘和情动。

我没有考虑太多，不管不顾地迎接了他的拥抱，我想这样和你生活一辈子。

五月，于茫茫尘世的一角，像无尽夜色里的双生胎儿，沉默不语，只是紧紧相拥。

我想，这就是我渴望的未来。

不知不觉，雨停了，路灯的光晕穿透枝叶落入眼瞳。

白大狗用力抓住我的手："走吧，跟我回家。"

≡

## 19.无尽之夏

### 001

夏天的晚上，因为无聊，我和他玩起了猜字游戏。游戏规则很简单，就是在彼此手心写字，一个人闭着眼，另一个人用手指写字。

他在我手心里写了他的名字，然后让我猜，问我是什么字。

我回："写的是'大猪头'。"

他又写我的名字，我说："写的是'万人迷'。"

最后，他一笔一画地写出"喜欢你"，我捧住他的头："你好可爱。"

他问："我不是'大猪头'吗？"

我说："你同时是小可爱呀。"


## 002

白大狗买了两盒切好的西瓜，随手拿出一盒开始吃。

白大狗："想吃吗？亲我一口就给你吃。"

我："几片西瓜而已，谁稀罕啊，完全不想吃。"

十秒钟后。

"啵。"

白大狗："你不是不想吃吗？那你亲我干吗？"

我："确实不想吃，只是想亲你。"


## 003

晚上打扫房间，我看到一双貌似很干净的袜子，但是我不确定要不要洗一下，于是拿起来仔细闻了闻，瞬间被臭哭了。

不知情的白大狗看我正蹲在墙角收拾东西，一脸茫然地问我"为什么脸色有点儿发红"。我让他闭眼之后深呼吸，然后把袜子放到他鼻子旁边温柔地说："因为刚才我在憋气。"

白大狗猛吸一口，立刻被臭到"质壁分离"，坚决不承认袜子是他的。

我问："那你有什么办法证明自己清白吗？"

他火速跑到鞋柜，拿出我们两个的球鞋挨个儿闻了一遍，闻完躺在一旁抽搐。

我："鉴定结果是什么呢？"

他："保密。"

说完，他趴在床上用手机狂搜"打完球脚臭怎么办"。

## 004

每次回家乡，我都会被狗狗扑在腿上摩擦。

我不知道是我有特殊的体质还是什么原因，不只是春天，全年都是这样。可恶的是，我的表弟表妹们不但不会解围，还在一旁哈哈大笑着录视频。

某一天，我把两条狗同时蹭我的视频发给白大狗，白大狗连发了好几个愤怒的表情："哼！我生气了。"

我："什么？"

白大狗："我不是说不准你和随随便便的男的接触吗？"

我："可它们是狗啊。"

白大狗："不是普通的狗，是两只随随便便的色男狗！"

## 005

有一天我和他说："我们好像不适合恋爱，不如我们'义结金兰'好了，直接结拜成生死之交的朋友。"

白大狗懒洋洋地斜眼看我："行，那你得给我磕头，而且要很正式地说一声'大哥在上，请受我一拜'。"

我伸出食指和中指，弯曲在桌面上："大哥在上，请受我一拜。可以了吗？"

白大狗："可以了，不过这只是一拜天地，那二拜高堂呢？"

我："结拜的流程是不是有点儿不对？"

他没再接话，只是笑着靠近，然后亲了我一大口。


## 006

有一次，我和他说起以前的遭遇。我和他说，在过去的一年里，我经历了六七次失败，可是相对于我之前的经历，这些都不算什么。

以前，我曾被人当众指着鼻子羞辱。那个人气势汹汹地说，如果你是我生的，我现在就一巴掌抽死你，但为了保全自己大学期间的实习工作，我一声都不敢吭。我曾在大一兼职服务工作的时候，遇到故意闹事的VIP顾客，那个人同样在众人环顾的状况下，把我推搡到地上，然后拿着摔坏的酒瓶醉醺醺地说，你是不是想死，让我弄死你好不好。

在高中，我曾因为"沉迷学习"不常回家，甚至笨得连亲戚邻居都分不清楚。在我们那个小地方，"沉迷学习"是唯一一条通向外面的路。

再早一些，因为没有电脑，我会在烟雾缭绕的网吧，在游戏和打架的背景音中，一个人写东西。我也会独自坐上一天一夜的火车，只为争取一个机会。

我和白大狗说，我是真的愿意吃苦，因为我实在没办法成为温室里的小仙子。原生家庭给不了我的东西，我只能自己争取。

有一天，我偶然看到表弟喜欢看的综艺节目，节目里提到一首2007年的歌，歌词里说：成功的背后总是堆积着高高的寂寞。

瞬间泪下。

## 007

某一天我和他聊起理想的场景。

我说："最好是夏夜，最好四处有虫鸣，我们安静地坐在遍野开花的海岛，看篝火缠绕汹涌。"

这一生总该有这样的时刻，平凡又隐秘得像是昆虫般的爱情——两只藏在草丛中的蚂蚁，一只住在花心的蜜蜂，只要躲进某个角落，就能躲过夏日通明。

那时候还是春天，他反问："那么现在呢？"

我和他说："我一直觉得春天最适合远游。云层漫卷，冰雪消融，在如画的天地之间，所有的悲伤都能被遗忘。如果可以，最好永远同美好相伴，譬如田野、江水、落日。饮一瓢溪水甘甜，骑一匹白马无缰，更远的行程就在前面，更好的世界就在外面，那就是我想要的生活。"

听我说完，他郑重地告诉我："我会为此努力的。"

我说："不是你自己，是我们一起努力。"

008

夏天的时候，我和他去海边。我们在附近的影院看完零点场的电影，出门，是明亮的月光和清凉的海风。我们牵着手，随意而散漫地走着。有人在用手机大声播放音乐，是陈楚生演唱的《有没有人告诉你》。

头发被风吹得有些凌乱，但所有的毛孔都是放松的，整个人的状态就像一首舒缓的小夜曲。

就在这时候，远处沙滩的方向有人在放烟花。

烟花噼里啪啦地飞向天空，我看向白大狗，他也恰好在看我，脸上只是微笑，心里却有无边的幸福。

009

我并不是天生就有得到幸福的超能力。仍记得七年前的夏夜，我走在回宿舍的路上，下过雨，风微凉。

那样的夜晚，花瓣落了一地，在潮湿的泥土上寂寞地香着。

天上的星星很少，哪怕我抬起头仔细地寻找也很难找到。

邃蓝的天幕上只有几颗晶黄的微粒，像上帝的眼，不悲不喜地注视着空空的世界。

几个大声说笑的男生路过，他们谈论着我不关心的话题，但是他们却有那么真实的快乐。一瞬间，仿佛消失已久的童真再一次回归。

我想起很久以前我第一次在网吧通宵的夜晚，热、渴、疲倦，可依然无比快乐，因为我心里知道，自己喜欢的人就在身边。

后来我睡着了，后来我们醒了。

那个早晨，我们走在还没睡醒的街道，空气香甜。这虽然是很平凡的喜悦，我却依然将它铭记于心。

路并不长，可我依然看到不少情侣在视野内耳鬓厮磨。偶尔风来的时候，两个人会靠在一起依偎着取暖。或许，对于世界上的大多数人，这个夜晚是幸福的。不像我，心里依然怀揣着自卑的秘密，在安静的角落孤单地行走。

秘密终究只是秘密，它只对我一个人有意义。我永远都不能忘记，我曾经暗恋的人看到我身上的伤疤所表现出的惊恐又厌恶的表情，那是被伤疤占据的青春。在那个众生幸福的夜晚，我一个人向前走着，无比孤单。

## 010

很久以后的夏夜，因为电路出现故障，我和白大狗热得睡不着，于是索性起床，手牵手跑遍大半个杭州。夏风温热，抬头可以看到密布星斗的天空。

站在桥上，呼吸着湿润的空气，所有人都睡了，唯有我们醒着。我忽然觉得天地虽大，有他就好。

那一晚，他和我说了很多小时候的事，听他讲完，我仰望夜空，他问我看到什么星座，我却只是摇头。

宇宙好大，我们都是平凡的小人物，可哪怕再卑微的生命，也都在努力寻找自己的幸福。

凌晨的夜风，温度变为微凉。

"你冷吗？"和以前一样，他忽然握住我的手。

"不冷，可是我想抱着你。"

死生契阔，与子成说。执子之手，与子偕老。

≡

## 20.爱是和你并肩作战 ────────────

### 001

　　白大狗处于事业的上升期，收入猛涨的背后，他已经连续加班好几个周末了。当然，我从来都不听，不管，不问。相信他，相信他的一切。

　　终于，某一天他难得休息。下午我和他去了游乐场，其实也没玩什么惊险的项目，只是四处走了走。

　　很喜欢这个季节的阳光。白昼很长，走在路上，衣服因升温而散发某种香味。周围是恰到好处的风景和喧闹。走累了，就随意找一处阴凉坐下来，靠在他肩膀上休息。

　　白大狗："考你个顺口溜，你要用最快的速度说出来。"

我："嗯。"

我看他在手机备忘录里打出几个字："钓鱼要钓刀鱼，刀鱼要到岛上钓。"

我清了清嗓子："钓鱼要钓刀鱼，刀鱼……"我把倒数第三个字念成了倒数第一个字的音。

白大狗："哈哈，真笨。"他笑着拍了拍我脑门。

说说笑笑过后，我不知不觉地靠着他睡着了。在梦里，我又回到了高三的日子，又一次看到高考结束同学们吃散伙饭的情景，白大狗把我拉到一旁，欲言又止的样子。

在梦里我告诉他：你知道吗，接下来，我们会经历好多年的离别，但离别之后还会重新相逢，你要等着我，你要等着我……

再后来，我就被白大狗摇醒了。

不知何时开始泪湿眼眶，更不知此身是在梦里梦外。白大狗帮我擦干眼角，我才意识到。

我告诉他刚才做梦的全程，然后心有余悸地说："这个梦好可怕，因为如果重来一次，我可能没力气等那么久了。我应该会做好孤独终老的计划，努力赚钱，安置好自己和……"

没等我说完，白大狗径直拉着我站了起来，而后是一个大大的拥抱："不会再重来了，也不会再有等待。我不会放弃你，更不会离开你。"

"嗯……"

一念缘起，一念缘灭。可是，终究还是重逢了。

无论和你是什么关系，无论是朋友、情侣、家人，爱就是和你并肩作战。

我想和你一起逆转那些一眼就能望到尽头的命运。

## 002

白大狗出差的时候，总是对视频通话充满执念。

有一天我在外面逛街，因为手机里下载了太多美剧，导致手机特别卡。是的，我有收集癖，看过的经典剧我要下载下来。加上当日莫名腹痛，这个时候接到他的视频聊天请求，心情无疑比较烦躁。

果然，整个通话只能看到我的脸以一种无比丑陋的角度一卡一卡地停滞在屏幕上。

我有点儿冲动地说："我现在用4G流量和仅剩1%的内存与你视频聊天，说了那么多次，在没必要的情况下直接打电话就可以了。"

他看我情绪不佳，落寞地说："可是打电话看不到你的脸，我想看到你的样子。"

他那种呆呆的语气让我想起网上经常提到的"小奶狗"这个词，于是瞬间气消："好吧，原谅你了。"

他："以后少生气好不好，我还想和你谈一场永不分手的恋爱呢。"

我："我谈恋爱不分手，只丧偶。"

后来有一次，我和他在国外坐巴士回酒店，因为长途奔波，没多久就有点儿发困。我坐在他身旁的座位上，一只胳膊搭着他的脖子，脑袋抵着他的头。

他各种嘴贫："喂！你是谁？我不认识你，干吗对我动手动脚的？"

气得我作势掐他脖子。

他求饶："好了好了，我回去给你报销这次的花费，作为补偿好不好？"

我伸手作势要钱："那你报啊，快报啊！"

"好，说报就报。"他张开手臂给了我一个大大的拥抱。

003

某一次，我和他说了一句"最近我需要每晚听睡前故事才能睡着"，我本意是指听着音频网站的电台和广播剧可以助眠，结果他第二天带回来一本《睡前故事》，是三四岁小朋友的学前启蒙读物。

我："你真是傻到让人想和你分手。"

他："分就分，谁怕谁。"

我："那好，咱们可说好了，谁求复合谁是大傻瓜。"

他："你不想复合？"

我："保密。"

他："那到底复合还是不复合呢？"

我："那你到底是不是大傻瓜呢？"

他："我是。"

我："OK，复合。"

他笑道："刚分手就复合了？连过渡期都没有吗？弄得我都不知道现在咱们算什么关系了。"

我："你觉得我们现在是什么关系？"

他思考了一下，然后转过头看着我。还没等我多想，他用力抱了我一下，笑着说："就是这种关系。"

## 004

带白大狗回老家，某一天傍晚，我找了个机会问他："你看到我家的情况了，没有条件，没有本事，和你家里天壤之别。"

白大狗："嗯，我看到了。"

我："所以，你应该慎重考虑要不要和这样的我在一起。和染色体的问题无关，我就是觉得，我没有一样配得上你。"

白大狗没说话，在一边沉默地逗弄我家的狗。

我知道他动摇了，其实早就料想到会有这一天，戳破所有的幻想，真实的差距在眼前森然对立。但是这样也好，好过不甘不愿地凑合一辈子。

白大狗："忽然想说对不起，可能你说的是对的，可能一直以来是我太幼稚了，头脑一热就忽略了很多东西。"

我："也没有对不起，挺好的，这样挺好的。"

我转过身舒展了一下姿势，又顺势擦掉眼泪，其实也没有多伤心，这不正是他最理性的选择吗？

白大狗："仔细想想，是我太冒失。如果一定要找到问题，那一直以来错的是我。"

我："没有，这段经历对我来说就像是一场梦，现在梦醒了，我们又回到了两个不同的世界，就这么简单。"

白大狗："你一定要承认是我的错，这样我才会好受一些。因为引发整件事的，是我。"

我没回头，不知道要说什么。

白大狗："但是，我想最后求你一件事。"

我："你说吧。"

白大狗："如果之前是我错了，现在让我一错再错、将错就错可以吗？好不容易和你在一起，你告诉我，我怎么放手？两个世界就两个世界，大不了就当参加了一辈子的变形计呗。"

他总有这种让人破涕为笑的本事。

转过身，我迎来一个大大的温暖而有力的拥抱。

"我什么都不在乎，除了你。我说我错了是假的，相反，我觉得我一点儿都没错。"

"嗯。"

在偌大的天地间，我们就这样一起走下去吧。

## 005

白大狗以前有过一些恋情，但我心大，不关注也不怀疑。有一天，我无意中看到他和以前伴侣B的聊天记录，聊天发生在我和白大狗恋爱后。

B："我给你介绍个对象吧。"紧接着用微信发出一张性感自拍，然后说："这个人可以吗？"

白："真的对不起，我已经找到喜欢的人了。"

B："你就不想念你的小水蛇吗？"

白："抱歉，我已经有自己的大水桶了。"

B又发了几张露骨的照片。

白："希望你能自重。"

最后一句"真的对不起"没有发出，显示对方已拉黑。

本来我想假装没有看到任何事，但因为智商不够，吃宵夜的时候，白大狗忙着工作，我说了一句："快多吃一点儿吧，如果饿瘦了，不知道多少小水蛇会心疼呢。"

他愣了一下，笑道："所以更应该你多吃。如果你饿瘦了，知不知道我会心疼。"说完，他把社交软件的账号和密码写到纸上，塞进我手里。

"我才不需要呢，对你的私人聊天毫无兴趣。"我一边瘪嘴一边试图若无其事地把纸条塞进抽屉里。

就在纸条抽离他手心的前一秒，他忽然用力捏住："既然你不想看，那就算了，还是撕掉吧。"

"混蛋……"我又气又羞地把脚抬起来，作势要踏向他的脸。

他拿起我的脚，对着脚心亲了一口。

惊讶、害羞、感动，所有的情绪糅合在了一起，最后化成一句："我还没洗脚……"

## 006

有一次他睡得迷迷糊糊的，一不小心摸到我大腿，然后他一个激灵坐到床上，虚张声势说："我去，吓我一跳。"

"嗯？"

"刚才我梦到我失明了，然后和另外几个盲人朋友一起做一件奇怪的事。"

"什么事？"

"我们一起摸大象，有的摸耳朵，有的摸尾巴。"

"盲人摸象？你想表达什么？"

"我摸到的是一条大象腿。"

## 007

后来有一段时间，白大狗过得特别艰难，甚至不得不卖掉某处的房子去应对一个变故。有一天他发信息给我说："我快没钱了，过几年说不定还能赚回来，但是现在我要和你坦白我的真实状况。"

我没经过思索，回复道："没钱的话，我养你。"

不然呢？还要有房有车才能和你在一起吗？

这世上从不缺少功利的爱情，就像大大小小的相亲角，都在明码标价地算计着。世人大都没有安全感，所以这样也不算错，只是我还不想那样步步为营地活着。

我知道这一路有多难，有多危险，知道未来还要面临的种种波折，所以我不在乎这些身外之物。我也不求什么大富大贵，只要平平安安地在一起就好，远离一切纷扰、揣测、敌意、阴谋……

之后，我们经历了交往以来最长的一次分离。有一天我准备去机场接他，他发信息给我："就要见到我了，你开心吗？"

本来我想说一大堆煽情的话，挠了挠头还是算了，只给他淡淡地回了《诗经》上的八个字："既见君子，云胡不喜？"

以前我以为，这八个字是说：见到你，我自然是欢喜的。

现在我明白，对我而言，它的意思是：只要有你在，我就是开心的。

分别的那段日子，有一天夜里我梦见他了。在梦里，我给他拼命地回复消息。消息很长，我也忘了一多半的内容，只记得最后那两句是我执意要发给他的：

　　别后唯所思，天涯共明月。

　　愿为西南风，长逝入君怀。

## 008

有一天，我和他开车去郊区，昏黄的路灯下，落叶满地。那一段时间，我们依旧聚少离多，回家的路上，我和他讲了几个听来的故事。

那时的情形是，我在帮他处理家庭和事业的双重困境。

白大狗："如果你遇到的不是我，而是一个骗子，你该怎么办？"

他这样问的时候，我们已经停在路边。灯光驱逐着夜色，望不见天上月，却看得到心上人。

真好，你还是你，就像一个巨大的毛绒玩具，软软的，满是温柔。

我："回答这个问题前，我想反问一句，你相信奇迹吗？我有个特别要好的朋友，生日和我只差几天，平时也总是发生各种巧合。我认为这就是平凡生活中的微小奇迹。很多被骗的人都是天真的，都是认可小概率事件的人。可是相信奇迹，能让我们满怀希望地活着。"

白大狗挑了挑眉，故作认真地追问："所以呢？你就从来不怀疑我也有可能是骗子吗？"

唔，一个对路边的乞讨者都出手大方的"骗子"吗？

"如果你是骗子，我应该会求你一件事。"

"什么？"

"我想求你，晚一点儿再揭穿骗局。"

"？"

"只要一直骗下去，那就是真的了。"

白大狗启动车子，没再说话。许久，他小声地说："你现在头发的长度是最好看的。"

以为我听不懂是吗？

"我也喜欢你。"

"是吗？有多喜欢？"

"就像……唔，我也不知道。"

我喜欢你，就像赤脚站在夏夜的原野，上一刻还是满天星光，下一刻却见骤雨忽落。细密的雨丝由远及近，而我却只能呆呆地站着，天地之间，无处可躲。

## 009

有一天白大狗说："其实我特别好奇，你真正发脾气的时候是什么样子？一年多了，我反倒希望你对我有原则，不要什么都无所谓，什么都肯接受。"

我："大概恨你的情绪都默默藏在心里了。"

白大狗："？"

我："逗你的。"这是一个不好笑的冷幽默。

我可能从小就是那种顺从懂事的"好孩子"，一言一行都在试图迎合他人，渐渐地养成了奉献型人格而不自知。

我："对你坏一点儿也没关系吗？"

白大狗挑了挑眉，点头。

我抬起他的手臂："现在，我想咬你。"

白大狗："疼……"

我指了指那个牙印："新手表，送你的。"

白大狗："那我送你两个吧，作为回礼。"

应该是真的喜欢上你了，所以我会觉得你的一言一行都散发着可爱的光。

我："从十几岁开始，我做过好多次公益活动，我以前很想靠自己的力量让世界变得更好，现在二十多岁，最大的感觉却是随波逐流。你开心吗？突然想问这个问题，是因为我慢慢发现，除了励志鸡汤，每个人都应该有不开心的权利。我知道你最近很累，所以我希望，如果你不开心，也可以放心地告诉我。"

白大狗："你呢？"

我："我啊，这段时间和家人关系紧张。我明白家人的焦虑，因为我只是条件平平的普通人。可能你不会懂，普通人是没有安全感的。只说外表这一项，无论网络还是现实，好看的人总是更容易得到关注和原谅。所以，我特别理解那种以爱之名的催促，可是我无能为力。"

白大狗沉默了几秒钟。

白大狗："也许我之前是不开心的，但是你愿意和我说这么多，我很开心。想到之后可以和你一起走下去，好像吃再多的苦也没什么不可以。还记得我们看过的那个'逆否命题'吗？"

我："什么命题？"

白大狗："我爱你的'逆否命题'。如果有个人是我，那么他爱你。如果有个人不爱你，那么他不是我。"

生活中除了温馨感动的小插曲之外，大部分时间他还是没个正形。有一次周末，他得了重感冒，我冒雨给他买来感冒冲剂，然后倒好热水，搅拌均匀，端到他面前。

我："尝尝我做的拉花咖啡。"

他一口气喝完，然后默默捂住心脏："爱妃，朕平日待你不薄，你，你竟敢暗算朕……水里，水里有毒……"

我看了看他，吐了吐舌头，没再回应。

想到大好的周末时光，却还有各种工作需要加班加点地完成，我一边伸懒腰一边自我鼓励："加油，今天你是最棒（胖）的！"

白大狗在后面说了一句："你每天都很胖。"意料之中，他遭到我暴打。

前些天，他突发奇想想要浪漫一下，然后决定在我们吃完晚饭后抱着我去客厅看电影。

虽然我心里对这种奇怪的举动狂翻白眼，但被人"亲亲抱抱举高高"这种事，毕竟属于大多数人从小到大的软肋，于是我默许了。

结果，刚走到客厅门口，他脚下一滑，结结实实地把我摔到了地上。虽然没有大碍，但是屁股到现在还疼。

如今他又小病在身，所以连早餐都是我负伤做好的。

早餐是三种口味的三明治，这是我凭借几乎没有的天赋，自己看教学视频学会的。

我端给他三块："来吧，给你一次选择的机会，这几种三明治，单看外表，你最喜欢哪一种？"

他想了一会儿，指了指我："我最喜欢我前面这个最大的。"

"油嘴滑舌。"

## 011

他特别喜欢给人捂耳朵，比如很多朋友在KTV，时间太晚我想偷偷眯一会儿，他就捂住我耳朵隔绝外界的声音，帮我入眠；夜里雷电交加，他知道我怕，也第一时间捂住我耳朵。

后来有一天我和他说："虽然这样很暖，但是我已经买过耳塞了。"

他看了看，说了声"哦"。

当晚我和他一边各自工作，一边播放着我喜欢的恐怖音频，讲到最恐怖的那一段，他飞速给我塞好耳塞，外加捂住耳朵。

难以吐槽的捂耳朵达人。当然，与之对应的还有捂眼睛。

有一次，我凌晨五点去高铁站接他，回来的时候已经天光大亮。坐在公交车上，太阳逐渐刺眼。四十分钟的车程，我睡了一路，他捂了我一路眼睛，只为帮我遮光。

然而，谁又能想到，这么温柔的灵魂，真身却是长期健身的大力神呢？光沙袋就打烂过好几个……

## 012

深夜回家，我和他站在阳台上喝同一罐饮料。

"马上就要元旦了，还有三天。"

"是啊，这一年好快啊。"

"以前我上学的时候，从北方坐火车回家，一路上经过村庄、城镇，烟雾里的远山，风中的花田……那时候我就在想，那个命中注定的人离我还有多远。"

"现在呢？这个问题有答案了吗？"

"嗯。"紧紧抱住。

"如果这些幸福是偷来的，我希望时间久一点儿，更久一点儿，最好永远都不要还回去。"

"你知道吗，认识你以后我变怂了，变得怕死了。因为我第一次发现，世界上还有这么一个完全不会表达感情的呆子，每天只会沉浸在自己的世界傻乎乎地做事，不但可以一整天都不讲话，甚至对着一页说明书都能看上半个小时。如果我死了，又有谁照顾你呢？"

"那你不许死，努力当个千年王八万年龟。"

"又欠收拾了是不是？"

"白大狗，我……"

"什么？"

"我爱你。"

"傻瓜。"

"我爱你。"

"抽风。"

"我爱你。"

"笨蛋。"

"我爱你。"

"我也是。"

## 013

三月份的时候，我们搬了新家。穿过几段隧道和梯田，新家就处在一处有山有水、有风有月的地方。这里并没有远离城市，恰恰相反，它就在城市的中心。

秋天到了。

临近傍晚，忽然起风。地上有很多凋零的落叶。

车流穿梭，不过是尘世中普普通通的一天。

雨水来得很急，来不及躲回车里，只好和所爱之人一起躲在附近的公交站牌。

偷得浮生半日闲，这一次的行程，走走停停，没有目的。

骤雨渐渐停歇，于是我们商议去更远些的地方。车窗上一片水汽，什么都拍不清楚，像大多数记忆一样朦胧。

这座城市到处都是风景，再往西走，则是我深爱的一处竹林。

停好车，行走在青石板路上，我们一前一后地牵着手，头顶是枝繁叶茂的竹林。

闭上眼，感受四周纯净的空气和鸟鸣，偶尔会有雨滴从枝头滑落眉头，仅仅片刻的岁月静好，竟令人有些眼热。

"想好以后的生活了吗？"他在耳边发问。

"大概需要一条狗，几朵云，还有一道花墙。最重要的，是要有你。"

这就是我最简单、最平凡、最珍贵的梦，多年前的发愿，想要的不正是现下的生活吗？

暮色渐渐降临，我和他一起翻看下午在湖边录制的视频。"阳光强烈，水波温柔"，美好得像是海子的诗。

"天黑了，我们回家吧。"

"嗯。"

靠着车窗，周围是行色匆匆的人流。那一刻我在想，在这灯火通明的城市，若是没有你，该有多孤独。

这世间每个人都有秘密，而我的秘密是你。

不过是尘世中普普通通的一天。

我还在，还在陪着你。